一座春山等一个归人

——第一届邛崃花楸山国际乡村诗歌节作品选

邛崃市文学艺术界联合会
邛崃市作家协会 编

天津出版传媒集团
百花文艺出版社

图书在版编目（CIP）数据

一座春山 等一个归人：第一届邛崃花楸山国际乡村诗歌节作品选 / 邛崃市文学艺术界联合会，邛崃市作家协会编. -- 天津：百花文艺出版社，2023.10
ISBN 978-7-5306-8669-0

Ⅰ. ①一… Ⅱ. ①邛… ②邛… Ⅲ. ①诗集－中国－当代 Ⅳ. ① I227

中国国家版本馆 CIP 数据核字 (2023) 第 192457 号

一座春山 等一个归人：第一届邛崃花楸山国际乡村诗歌节作品选
YIZUO CHUNSHAN DENG YIGE GUIREN：DIYIJIE QIONGLAI HUAQIUSHAN GUOJI XIANGCUN SHIGEJIE ZUOPINXUAN
邛崃市文学艺术界联合会 邛崃市作家协会 编

出 版 人： 薛印胜
责任编辑： 郑 爽
装帧设计： 悟阅文化
出版发行： 百花文艺出版社
地址： 天津市和平区西康路 35 号 **邮编：** 300051
电话传真： +86-22-23332651（发行部）
+86-22-23332656（总编室）
+86-22-23332478（邮购部）
网址： http://www.baihuawenyi.com
印刷： 三河市华东印刷有限公司
开本： 787 毫米 ×1092 毫米 1/16
字数： 196 千字
印张： 16.75
版次： 2024 年 1 月第 1 版
印次： 2024 年 1 月第 1 次印刷
定价： 78.00 元

如有印装质量问题，请与三河市华东印刷有限公司联系调换
地址：三河市燕郊冶金路口南马起乏村西
电话：13933936006
邮编：065201

第一届邛崃花楸山国际乡村诗歌节
组委会

指导单位：中国艺术报社
四川省文联
成都市文联
中共邛崃市委宣传部

主办单位：四川省诗歌学会
成都市作家协会
邛崃市文学艺术界联合会
邛崃市平乐镇政府

承办单位：邛崃市作家协会
邛崃市文艺两新发展促进会
邛崃竹上花楸文化旅游有限公司

一座春山　等一个归人

第一届邛崃花楸山国际乡村诗歌节作品选

序　一

花楸山，不再遥远

◎李　志

在我很久以来的印象中，花楸山因为幽深的竹海和崎岖的山路，对于邛崃是有点远的。甚至对于平乐古镇，它也不算近；如果放到成都，就更远了。

我曾经把花楸山的发展归纳为三个阶段：第一个阶段在清朝，代表人物李洪楷，他和前辈后辈建设成的川西最大古民居群，虽然一度被湮没在苍山竹海，但最终成为后来花楸山乡村旅游发展的历史依托；第二阶段在21世纪初，代表人物刘本金，他和领导们、乡亲们乘着古镇旅游开发的东风，从修路开始，推出天下第一圃，催发了乡村旅游的萌芽；第三阶段在最近这些年，代表人物雷霞，她和股东们在天下第一圃建造出宏大的竹上花楸野奢艺术民宿，让隐藏多年的花楸山重回人们视野。

花楸山发展第二个阶段我是亲历者，第三个阶段我是见证者。当多年以后重返花楸山遇见雷霞时，我竟然有如回故土、如见故人的感觉。雷霞是有文艺情怀的人，她曾经跟朋友组织过“星期五朗诵会”，但她总是诙谐地说，自己过去在生意场上摸爬滚打，丢失了诗情画意。我把这句话理解为，她现在可以谈谈诗和远方了。

因为雷霞和竹上花楸，我仿佛在花楸山为邛崃文艺找到了一个承载地。于是，诗歌活动接踵而来：2020 年，“丝路雅集竹上花楸飞花令”走进花楸山，一次诗歌采风活动就编印了一本典雅的诗画集《竹上花楸》；2021 年，川渝诗人重走茶马古道，他们为花楸山写下的三行诗被竹上花楸手工制作成诗歌风铃长廊，微风过处，叮叮当当响彻山谷。花楸山诗意越来越浓郁了。

2023 年春天，第五届成都国际诗歌周举办，我萌生了在花楸山打造诗歌节的念头。在跟雷霞一拍即合后，我又向杨然、陈瑞生、席永君、詹义君征求意见，他们一致赞同，并帮助完善活动思路。第一届邛崃花楸山乡村诗歌节迅速启动。起初，诗歌节并没有“国际”两字，后来加上，是因为活动获得了成都市文联、成都市作家协会的大力支持，将花楸山列入了国际诗歌周，并安排中外诗人到花楸山采风。

万亩竹海、千年茶山、天下第一圃、清代民居群、成都标杆民宿……这些藏在深山的“IP”，对于诗人们来说，都是重要吸引物，也将反复激发他们的创作灵感。将花楸山打造为成都诗歌地标，这是我们策划诗歌节的理想。我相信活动连续办下去，一定可以！

为增强花楸山与诗人的黏性，第一届诗歌节推出了重头戏——认养古茶树，推动诗人与花楸山结缘。在开幕式上，花楸村党支部书记向 8 名诗人颁发了第一批驻村诗人证书，他们为茶树写的三行诗也被刻在了古茶树下。第二批、第三批……多年以后，花楸山御茶园就将变成诗歌林，人们就可以在花楸山与一个个诗人相遇、对话……随后举行的诗歌与乡村主题论坛，则把诗歌节引向了深入，大家围绕“诗歌点亮乡村”与“乡村点亮诗歌”进行热烈讨论，探讨乡村的诗歌表达及其助力乡村振兴的路径。

对于诗人们在诗歌节中形成的优秀诗歌和精彩发言，我们倍感珍惜。不管资金筹措如何艰难，编辑出版一个文本集都是可行而且必要的。这是对所有作者的交代，也是对诗歌节的交代，更是对花楸山的交代。

在本书即将付梓之际，诚挚感谢《中国艺术报》总编辑康伟，四川省文联副主席李兵，成都市文联党组书记、主席杨晓阳，中国作家协会诗歌委员会副主任、成都市文联名誉主席梁平，成都作家协会主席熊焱给予诗歌节的大力支持；感谢广大诗人朋友的热情参与；感谢竹上花楸员工的辛苦付出；感谢所有关心、帮助过诗歌节的人。

本书的书名，在经过第一届邛崃花楸山国际乡村诗歌节筹委会反复讨论以后，最终确定为《一座春山　等一个归人》。其意义不言而喻，期待所有已经到过、即将造访花楸山的诗人和朋友，常回来看看。花楸山的春茶已经为您沏好……

序　二

花楸山乡村诗歌节发起计划

——在第一届邛崃花楸山国际乡村诗歌节开幕式上的发言

◎杨　然

尊敬的各位领导、诗人：

大家好！

我们几个邛崃诗人——廖场李志、月牙村席永君、老南街陈瑞生、蟠龙村詹义君、渔唱村陈丽文、斜江村杨然，获竹上花楸雷霞女士应承，发起了这次诗歌节活动。这并非我们心血来潮，而是基于花楸山春茶的召唤，凭着对诗歌的热爱，我们心有灵犀，情思相通，故有此举。现将有关考量打算和愿景期待汇报如下：

一、明底

我们以茶为媒，靠山而诗，曾经邀请北京、广东、四川40位诗人到此一游，“走进诗意平乐”和“获奖诗人夜游平乐”，为花楸山鸣诗铺垫；邀请成都、重庆诗人“丝路雅集竹上花楸飞花令”和“川渝诗人邛崃采风行”，为花楸山鸣诗开局。我们有底子，有底气，心底是明亮的，我们明底。

二、鸣诗

我们都是诗人，写诗是我们的天职。鸣诗，就是在花楸山百家齐鸣，写好“我和茶的诗歌”。这次诗歌节将开展“花楸山秘境”采风，举办“花楸之夜”朗诵，承办成都国际诗歌周分会场，让中外诗人亲身感受川西风情的诗意生活。

我们计划在每年三月春茶季，邀请诗人到花楸山品尝“天下第一圃”第一杯春茶，与国外诗人互动，通过诗歌交流和媒体推广，使花楸山诗歌节品牌化，成为成都著名诗歌地标，实现“诗歌点亮乡村”目标。

三、茗茶

古人云：“蜀人作茶，吴人作茗。”今人知：“岭上有花楸，楸间种绿茶，茶水泡天下。”花楸茶由内而起，名声在外。我们靠山亲茶、品茗，让诗歌飘香。这次诗歌节我们要讲好我和茶的故事，开展“我在深山有远亲”古茶树认养活动。3月中旬，将有80位中外诗人上山，见证茶山魅力，分享诗歌的丰美，充实成都国际诗歌周活动内涵。

四、鸣山

我们在花楸山举行篝火晚宴，欢迎嘉宾；向第一批花楸山驻村诗人颁发证书；举办“诗歌点亮乡村”诗歌论坛。以山为家，将花楸山不仅看成是茶山，也看成是诗歌山、诗人山。山不在高，有诗则鸣，诗茶之山成为现实。让诗人与茶树结伴，茶香与诗韵相融，收获新的茶山体验与诗歌文本，荟萃“丝路雅集竹上花楸飞花令”标识成果。

五、名节

今天，我们邀请来自北京、重庆、山西、湖南以及四川各地的诗人欢聚在此，深感荣幸。我们的目标非常明确，就是要共同打造成都乡村诗歌的一个活动高地和成都国际诗歌周的一个分会场品牌，使其成为成都诗歌的文化地标。

以“我在花楸山等你”为契机，站在“天下第一圃”的层面，对茶之“国饮”和诗之“国魂”作全新角度的诠释，邛崃文联、作家协会将成果运用于中央、省、市主流媒体，全程跟踪报道。《崃山文艺》推送主题诗歌，编印诗歌节会刊。

从今往后，每年阳春三月，品茗、写诗将是花楸山茶与诗歌节目的主角，上演我们的愉悦、情思、才华与灵感，依此循环往复，周而复始，在这里欢度我们的节日，从此高山流水，我们年年相约，漫步芬芳！

在这里，我们要特别感谢两位诗人，一位是曹纪祖先生，他在担任四川省作家协会秘书长期间，曾经倾力支持邛崃举办“中国作家文君故里行活动”，可惜因故未能如愿。另一位是金铃子，她向邛崃文联建议举办地方诗歌节，终于如愿以偿。谢谢两位诗人！谢谢您们！

谢谢大家！

目录

CONTENTS

上编　驻村诗人

002　**康　伟**　花楸茶

004　**梁　平**　一　饮

006　**曹纪祖**　情　缘

008　**熊　焱**　茶色花楸山

010　**龚学敏**　雨种，给一株古茶树命名

012　**金铃子**　我是在花楸山有茶树的人

014　**张二棍**　举茶相邀

016　**刘　年**　永恒辞

中编　诗荟

020　**安娜·加宁**　梁　祝

三　月

022　**白鹤林**　春天在花楸山拉开帷幕

春山引，或邛崃之夜

024 **曹纪祖** 在花楸山，认养一棵茶树
醉卧花楸
026 **程 维** 邛崃行
竹上花楸
028 **陈维锦** 在花楸山上，我与星辰有一棵茶树的距离
032 **陈修元** 我摘下一片茶叶
034 **陈 益** 用诗，与春天结缘
036 **陈尧江** 茶俘获心
038 **狄力木拉提·泰来提** 竹上花楸
040 **大 草** 与花楸山对坐
042 **杜荣辉** 春山：遥寄花楸山（组诗）
046 **杜 均** 花楸山组歌（组诗）
048 **大 窗** 在邛崃修复前程和爱（组诗）
052 **符纯荣** 李家大院
花楸山中
056 **谷 禾** 花楸山茶
058 **郭 毅** 平乐古镇夜步
故人暖
060 **胡仁泽** 花楸山行
062 **胡 马** 春山引
064 **黄仲金** 在花楸山（组诗）
068 **华 子** 在花楸山做一只蝉或鸟（组诗）
072 **汉 师** 茶酒人生
074 **何承洪** 在花楸山听雨
078 **敬丹樱** 竹子长成海（组诗）
082 **金指尖** 徐家大院与茶
花楸民宿吃茶
084 **蒋 艳** 世间上好的璞玉（组诗）

088 **金铃子** 站在雷霞的茶园
木　简
爱每一株花楸
092 **康　伟** 风
慈　竹
094 **寇玉苹** 我在花楸山上等你
096 **梁尔源** 花楸山顶品茶
098 **陆　健** 题在邛崃花楸山顶
100 **李永才** 看春天
在花楸山
102 **刘清泉** 车入花楸山
在平乐古镇
104 **李　灿** 花楸生活（组诗）
108 **罗晓红** 千年秘密
想陪一座山慢慢老去
110 **毛　子** 愿这棵茶树认领我……
112 **木　易** 与胡马在白沫江畔
114 **泣　梅** 李家大院
116 **芮　虎** 我为何频频举杯
在德国没有茶
120 **冉　杰** 凋零的茶花
122 **商　震** 乐善桥
124 **沈浩波** 乐善桥
126 **桑　眉** 如此翩翩
128 **凸　凹** 花楸三行
谒茶，或骑龙记
130 **宋光明** 在平乐古镇
步洪渊诗之堤

132 **三　弗** 在花楸山，与日月同辉
在李家大院怀旧
136 **谭宁君** 花楸山茶园
御茶园品新茶
138 **王国平** 在花楸山看茶树发芽
140 **王　淋** 黑　茶
142 **吴少东** 花楸三行
144 **王国庆** 在三月起飞
在花楸山认养一芽春天
146 **王　勤** 三月三，在花楸山吃茶
150 **席永君** 花楸山：对茶的冥想
158 **向以鲜** 李家大院的杏花
160 **熊　焱** 在竹上花楸午读
花楸山上听鸟鸣
162 **熊游坤** 茶花辞（组诗）
166 **辛　夷** 花楸山·茶
竹海·紫竹
168 **向丽琴** 清晨，竹上花楸暮思归
170 **许晓敏** 楸山梦
174 **杨　然** 美，在竹上花楸无处不在（组诗）
182 **杨献平** 花楸山上
花楸山之晨
院外的桂花树
184 **杨　虎** 绿
186 **喻　言** 戏题花楸山春游十四行
188 **羽　童** 早安，花楸山
住在“竹香子”
190 **姚　辉** 花楸山古茶

短　句

192 **钟　渔** 李家大院的杏花

被春天认养的一棵茶树

天下第一茶圃

花楸民宿，在纸上写下

196 **周立荣** 埋在生命里的……

198 **左存文** 花楸山光影（组诗）

202 **周庆安** 花楸山饮茶记

204 **周家琴** 乐善桥

206 **张义先** 花楸时光

208 **詹义君** 花楸小语

下编　论坛

212 **寇玉苹** “诗歌点亮乡村”论坛综述

216 **席永君** 春天，你被茶“开光”了吗？

220 **向以鲜** 故乡：割不断的历史血脉

230 **张二棍** 呼唤乡土诗歌写作的“族长意识”

233 **王学东** 乡村诗学的座架是自由

241 **文佳君** 乡村振兴中的诗歌力量

248 **白鹤林** 在邛崃花楸山国际乡村诗歌节之诗歌论坛上的发言

249 **康　伟** 让诗歌和乡村彼此点亮

上编　驻村诗人

康 伟

邛崃花楸山国际乡村诗歌节·首批驻村诗人

康伟，《中国艺术报》总编辑、全国新闻出版行业领军人才、中国文艺评论家协会理事、中国报纸副刊研究会副会长。

花楸茶

唯有你的沉默
才能泡出岁月的
味道

梁 平

邛崃花楸山国际乡村诗歌节·首批驻村诗人

梁平，当代诗人、编辑。现居成都。著有诗集《时间笔记》《巴与蜀：两个二重奏》《家谱》《长翅膀的耳朵》《嘴唇开花》等十三部，以及散文随笔集《子在川上曰》、诗歌批评札记《阅读的姿势》。他的座右铭：看庭前花开花落，望天上云卷云舒。

一　饮

古道马蹄已远，临邛茶树上的月晕
在一杯水里荡漾成谜，成诗
等你来一饮而尽

曹纪祖

邛崃花楸山国际乡村诗歌节 · 首批驻村诗人

曹纪祖，四川省诗歌学会会长，中国作家协会第七届、第八届全国委员会委员，四川省作家协会原副主席兼秘书长。文学创作一级专业技术职称，曾担任第四届、第五届鲁迅文学奖评委。著有叙事长诗《时代之子》、抒情诗集《多情人生》、诗歌评论专著《批评与思考：中国新时期诗歌》，参与编辑“四川省文学院丛书”。《批评与思考：中国新时期诗歌》获四川省文学奖、第二届四川省文艺评论奖一等奖、四川省优秀图书奖，《多情人生》获四川省首届天府文学奖优秀奖，《新时期的四川诗歌》获四川省首届文艺评论奖二等奖，《当今四川诗歌创作的几种流向》获《四川日报》文学奖，“四川省文学院丛书”获四川省“五个一工程”优秀图书奖。

情　缘

——认养一棵古茶树

不用说前世今生
只相信千年缘定
花楸云雨，舌尖暖阳，邛州风情

熊　焱

邛崃花楸山国际乡村诗歌节·首批驻村诗人

熊焱，1980年生，贵州瓮安人，现居成都。成都作家协会主席，《青年作家》《草堂》诗刊执行主编。曾获华文青年诗人奖、陈子昂诗歌奖青年诗人奖、艾青诗歌奖、四川文学奖、《黄河》《飞天》《诗潮》年度文学奖等各种奖项。著有诗集《爱无尽》《闪电的回音》《时间终于让我明白》，长篇小说《血路》《白水谣》。

茶色花楸山

我从花楸山的茶色中找到这棵古树
就像是从茫茫尘世中
找到一个人让我托付终身

龚学敏

邛崃花楸山国际乡村诗歌节 · 首批驻村诗人

龚学敏，1965 年 5 月生于四川省阿坝藏族羌族自治州九寨沟县。做过中学教员、警察、公务员、阿坝日报社总编辑、阿坝州作家协会主席等职务。现为四川省作家协会副主席，《星星》诗刊主编。1987 年开始发表诗作。著有诗集《长征》《九寨蓝》《紫禁城》《纸葵》《四川在上》《濒临》《遇见藏地 心有风马》《像李商隐一样写诗》等。长诗《长征》获第五届四川文学奖，并列入中国作家协会 2006 年度重点扶持篇目。2022 年获首届谢灵运诗歌（双年）奖“杰出诗人奖”，担任第四届昌耀诗歌奖评委。

雨种，给一株古茶树命名

茶叶是天空贮藏在人间的雨种
你把它们噙着，群山苍茫
那些路过雨种的人，便是江湖

金铃子

邛崃花楸山国际乡村诗歌节·首批驻村诗人

金铃子，原名蒋信琳，出生于重庆市垫江县，中国作家协会会员。20 世纪 80 年代末期开始发表诗歌，著有诗画集九部。曾参加第二十四届青春诗会、鲁迅文学院第十七届高研班。曾获得徐志摩诗歌奖、李杜诗歌奖、《诗刊》年度青年诗人奖、《北京文学》年度诗歌奖、《十月》丽江爱情诗年度诗人奖、屈原诗歌奖等文学奖项。

我是在花楸山有茶树的人

你是我无法种下的那株春天
是我无法摘下的那枚春芽
是我唇齿间无法留住的青春

张二棍

邛崃花楸山国际乡村诗歌节·首批驻村诗人

张二棍，原名张常春，1982年生于山西代县。曾获《诗刊》年度青年诗人奖、赵树理文学奖、黄河文学奖、西部文学奖、华文青年诗人奖、《长江文艺》诗歌双年奖等。出版有诗集《旷野》《入林记》《搬山寄》等。

举茶相邀

古圃有青芽，等着与你谋面
若你不来，它们就会与明月一道
孤悬于杯水之间

刘　年

邛崃花楸山国际乡村诗歌节·首批驻村诗人

刘年，本名刘代福，1974年生，湖南省永顺县人。喜欢落日、荒原和雪。出版有诗集《为何生命苍凉如水》《楚歌》《世间所有的秘密》《行吟者》以及散文集《独坐菩萨岩》。2013年获人民文学诗歌奖、华文青年诗人奖等奖项，2014年获红高粱诗歌奖。

永恒辞

像一棵古茶树一样等你
像一件青铜器一样等你
像一条归路，等一个归人

中编　诗荟

安娜·加宁

安娜·加宁（Anna Ganin），1997 年毕业于海参崴艺术学院，获小提琴专业硕士学位。从 2002 年至今受聘湖南理工音乐学院。2006 年被岳阳市人民政府授予“巴陵友谊奖”，2010 年获得湖南省政府颁发的“潇湘友谊奖”，2012 年参加北京“水晶莲花器乐大赛”获二等奖。2012 开始在中国写诗。曾荣获 2018 年俄罗斯作家联盟普希金奖章，入围 2018 年莫斯科文化遗产奖决赛。第一本书于 2019 年出版——将两首献给中国的诗作翻译成中文。

梁 祝

彩蝶双飞翼
尘起绘远色
世路明且亮
拂晓金光耀
西山奢靡享
吾欲重修身
朝夕予挚爱
白翅不羁亡

三　月

君闻草长飞
君见花竞艳
古樟亦换新
君盼水波影
新绿沾甘露
红尘灵妙至
烂漫山野急
忙理节日窗
浓情蜜意春
浸润永无止

白鹤林

白鹤林，本名唐瑞兵，1973年生于四川省蓬溪县，现居四川省绵阳市。中国作家协会会员、四川作家研究中心研究员、绵阳市作家协会副主席。出版诗集《车行途中》、评论集《天下好诗：新诗一百首赏析》等多部著作。部分作品入选《百年中国新诗编年》《中国当代诗歌导读1949—2009》《70后诗选编》等国内数十种选本，并被翻译成英文、西班牙文等语言输出到外国。先后获得“全国鲁藜诗歌奖”诗集类一等奖、骆宾王青年文艺奖、《中国作家》剑门关文学奖三等奖等多种奖项，曾入选“四川十大青年诗人”、《现代青年》2019年度人物“十佳诗人”。

春天在花楸山拉开帷幕

那么多的茶仙、酒仙和诗仙，
都同时签到花楸山。因为这个春天，
是在东坡的那棵千年老茶树上拉开帷幕的。

春山引，或邛崃之夜

——与胡马同题，赠杨然、席永君、詹义君诸君

是世外隐士般挺拔高洁的邛竹，
把诗人一一迎上花楸山。
在这昏暗时刻，它们依然如此坚决。

而我们如同闲云野鹤，
终于回归并栖居于山水间的茶圃。

邛崃的春天，即使在夜色中也颜值出众，
像一位身着仙鹤刺绣长袍，
又留着时尚短发的女子。

竹上花楸的一副久违了的木门闩，
让回不去故乡的游子都安心入梦乡。

曹纪祖

曹纪祖，四川省诗歌学会会长。中国作家协会第七届、第八届全国委员会委员。四川省作家协会原副主席兼秘书长。

在花楸山，认养一棵茶树

认养一棵茶树
就是认养春天

没有什么比茶叶
能凝结更多的阳光

没有什么比茶树
能蕴含更多的雨露

没有什么比清茶
能浸润内心的柔软

“千年等一回啊”
是谁在身旁耳语

要有足够的爱心
才能成为花楸山的主人

醉卧花楸

醉卧花楸
风铃低语邛茶的清新
把一生饮成一宿
今夜有谁不解风情

没有什么不同
其实很是不同
一芽一叶都让你感受到
临邛道上独特的心动

饮完此生再饮来生
树上挂着我们的诗句
是人生旅途中
雪泥鸿爪的片鳞
不敢太自恋呵
谁知道时间能留下的
是风是雨还是一个姓名

曲径通幽，草木深深
山路盘桓是追梦的修行
如果清茶能洗尽世间的尘垢
就让我留下，留在花楸山的梦境

程　维

程维，著名诗人、小说家、画家。现居南昌。主要作品有长篇小说《浮灯》《皇帝不在的秋天》、诗集《妖娆罪》《他风景》《古典中国》、诗剧《霸王》、散文集《画个人》《南昌慢》《水墨青云谱》等。获第八届庄重文文学奖、首届天问诗歌奖、首届江西省政府优秀文艺成果奖等，入选“中国新诗百年百位最有影响诗人”。

邛崃行

剑仙出没的地方，竹林上飞过
谁的影子，我们在中巴车上看到
青流下的石头，啜饮一口清凉
三角亭里就座的人，一条古道
茶马在他眼里上山，一身的汗气
怀抱血性和胆，粗重而神秘
蜀山剑侠的记忆从文字里突然蹿出
邛崃的幽深上至竹尖，下到酒井
雁乐平沙，白沫江自古桥下穿过
石板道来去的脚印加深了月色
竹上花楸，我冲着杨然而去，一杯好茶
和酒，成都为中国诗坛输血

芙蓉锦江，任洪渊的黄昏如此之深
淹没所有的傍晚，千年古榕树盘根错节
把枝杈伸向汉语和飞扬的纸鸢
茶山认树挂名，风一吹，名字就在
空气里，天空就有树的形状，茶香内
就有句子在行走，相互的完成度
在一具古琴里契合，老街客栈
又有少年敲门，去年的马，系在庭院
剑仙楼饭店坐满了好汉，都是长安来的
贩茶酒竹编和一筐诗赋，而上楼的
新客，来自西域，束着汗血的马尾
叩问汉瓦，在一棵古树新芽找到答案

竹上花楸

——成都国际诗歌周花楸山记

竹林引导我们，上，慢慢地上
转过一道坡，又一道，竹林提升我们
翠绿的生活，花楸之顶，茶和古琴
千年的诗句在等人开口

桃花开得像假的，是对桃花最高的赞美
鸢尾美得像一个疑问
茶的香气，红薯内部金黄的质地
它们都把诗人的到来当成了节日

陈维锦

陈维锦，女，四川省彭州市人，四川省作家协会会员。在多种刊物上发表小说、诗歌和散文诗，出版长篇小说《昨日重现》、诗集《1/3 度》等。

在花楸山上，我与星辰有一棵茶树的距离

1

诸神下降
群峰上升

左右荡漾的李花
让空气更轻了

是寂静
将人间放任成好看的弧形

2

我用目光翻过的山
又被星光翻过来了

星辰与我有一棵茶树的距离
我试图用云朵去补上

但我只够住了鸟鸣
而鸟鸣，一直在堵另一个缺口

3

很少有人能感觉到
某颗星星的战栗
已改变了宏观的方向

当旷大和渺小狭路相逢
我的焦虑症和被抛弃感
得到一定比例的治愈

星光下我毛茸茸的虚线上
附满了露珠和某些花香
因此，实际上的我
比你看到的要小得多

4

世界空旷
从最低的人世走上来
除了陆羽的《茶经》

只有卢全的《花楸茶赋》拦了我一下

我检视个体的诗写
那条私人性、公共性与哲学性
的道路蜿蜒曲折
快要到达宗教性的山顶时
某只鸟巢被某首诗撞了一下

明明是黄昏却仿佛清晨
我知道，上帝宽恕了
他能宽恕的一切

5

在最高的山顶
我忍不住大喊
山啊
没有回音
下降到山腰的时候我又喊
这次，此起彼伏的风
让每根竹子发出了脆响

首届邛崃花楸山国际乡村诗歌节诗人（部分）合影

陈修元

陈修元，诗人、作家、文化策划人。三星堆博物馆原副馆长，广汉市作家协会名誉主席。出版《诗意的飞翔》《回乡》《诗巫三星堆》等五部诗集和一部诗文集《婴儿之眼》。

我摘下一片茶叶

春天。邛崃花楸山
康熙御赐“天下第一圃”茶园
一株千年的茶树下
我偷偷摘下一片茶叶

轻轻放进《诗巫三星堆》
（我喜欢随身带的一部自著诗集）
夜晚。山顶竹上花楸民宿
玻璃窗，阔大、透明
一轮圆月，高悬

山林寂静。书页中
那片茶叶和三星堆神鸟细语
语音神秘，语义不明

早晨醒来。窗外群山间

红日升腾，鸟声啭鸣
刹那间，我神灵附身

陈 益

中国作家协会会员、公安作家、重庆新诗学会副会长。

用诗，与春天结缘

三月三，桃花天
在文君故里，邛崃花楸山
一群诗人站在岁月的山巅
他们扯起嗓子纵情吟唱
向世界抛出表情包
用诗，与春天结缘

他们是卓文君、李白转世
他们的身躯构成一座座诗山
株株茶树，是诗骨
片片茶叶，是诗句
缕缕清风，是诗意
明月入梦，是诗魂

陆羽闻讯乘兴而来
高举茶杯向诗人们请安
茶无诗便失去了筋脉
诗无茶便如白水一碗

茶有诗会更加浓郁
诗有茶会更加璀璨

时间，会记住历史每个瞬间
见证者还有张家大院的桢楠
这种千年老树，粗壮笔挺
像利剑一般刺入蓝天，它说
卓文君、李白从未离开邛崃
不管是昨天、今天，还是明天

陈尧江

陈尧江，笔名江歌。从事写作三十余年，在国内二十余种报纸杂志及网媒发表作品若干。出版有专著《江歌拾翠》《文君故里鸿雁情》等。现为邛崃市作家协会理事、成都市作家协会会员。

茶俘获心

我残留着对茶的痕迹
在动荡的少年时代
用苦丁茶降压苦难的日子
直到攀登上陡峭的花楸山
花楸茶修正了我的记忆

这些茶山的精灵
在月光下掀起绿色的波涛
完全可以淹没我
但它们没有
它们可以制造百怪千奇的尖叫声
惊吓我，但它们没有

每次爬上花楸山
都会收获不同寻常的真情

啊！我的茶仙
它们神秘而温柔
那些嫩芽般的小手
挠得我的心底直痒痒

狄力木拉提·泰来提

狄力木拉提·泰来提，1963 年 9 月出生于新疆维吾尔自治区伊宁市克伯克于孜乡。维吾尔族，作家、翻译家，中国作家协会会员。现任新疆作家协会副秘书长、新疆作家协会文学翻译家分会常务副主席兼秘书长、《民族文汇》杂志社总编。1982 年开始用汉文创作诗歌，出版诗歌集《大漠魂》。1997 年开始文学翻译，翻译了包括长篇小说在内的各类文学作品十六部，近五百万字。曾获全国少数民族文学创作“骏马奖”翻译奖、“天山文艺奖”、“汗腾格里”文学奖、“汗腾格里”文学翻译奖。2009 年翻译的儿童系列长篇小说《楼兰古国之奇幻之旅》荣获中宣部“五个一工程”奖。

竹上花楸

你生长在竹上花楸的苍茫雨雾里，根却在遥远的新疆，喝到你的春芽，注定是两种遥不可及的清香和百年风雨。

于 2023 年 3 月 21 我夫人的生日

首届邛崃花楸山国际乡村诗歌节诗人（部分）合影
（左起：杨然、李龙炳、敬丹樱、胡马、黄仲金、杜均）

大 草

大草，本名余江武，诗人、学者、白诗歌流派发起人。现居重庆。出版诗集《白菜顶着雪》。

与花楸山对坐

这些天我的书案上
摆放着《竹上花楸》
和《邛茶天下香》
一有空，便与茶山对坐

一位诗人说
愿意把自己的一半
留在茶山上，与茶叶一起修行

便想起那晚的花楸山
独自一人在图书馆读书喝茶
白天已退出山中
通明的茶室，便成了群山之心
我好像也从身体里走出
在山巅之上看到
竹、花楸树、千年茶树
围着火塘像三个书童

陪着大草本尊
那一刻，好像人世间
只需一盏茶和一本书

我在想，与花楸山对坐
香积菩萨是否会逃跑
来此做一名茶僧

杜荣辉

杜荣辉，四川省蒲江县人。著有诗集《橘子园》《芙蓉锦江九人诗选》（合著）、散文集《橘子花开》等。四川省作家协会会员、成都市作家协会诗歌工作委员会委员、温江区政协文史研究员、温江区作家协会副主席。诗刊民刊《鱼凫》主编。

春山：遥寄花楸山（组诗）

春 山

有时，春山只能用来遥望
两小时的车程与千年的等待重合
生活被切割成无数瞬间
一些是真实的，一些是虚幻的

庆幸这双略带近视和散光的眼睛
还没被楼群和浮云完全遮蔽
庆幸自己偶尔喝酒，时常饮茶
内心依然保持澄澈和温馨

还能将枝叶间的江湖、老院中的杏花
古往今来春和景明的雅会
一一演绎成一个人的寂寞，抑或

一群人的欢娱……

今日，诗和远方
都指向一个叫花楸的地方
今日，深陷城市的经纬
春山——只能用来遥望

春　梦

我一直相信，村庄能够被诗歌点亮
就像花朵将春天点亮
日月星辰将天空点亮

一杯茶也能将内心点亮
就像一个地名将远方点亮
一个念想将岁月点亮

这是多么神奇的力量啊
古茶树擎起缥缈的传说
古道迎来似曾相识的重逢

归去来兮——
屈指又是三年
花楸山，像一个尘缘未了的梦

诗 会

一下子来了这么多诗人
主人端出了邛酒和花楸茶
春山端出了阳光和鲜花
只有古老的茶园方寸不乱

名义上我们来为一座山抒情
分明是一座山为我们抒情
我们给茶山写诗
分明是茶山给我们写诗

多么奇妙的雅会
仿佛千年前便种下的风和月
你和我，只是将某个珍藏的记忆
又认认真真地演绎了一遍

旧 游

那大片竹林的上方
便是花楸的茶山
那里有被诗歌点亮的月亮
被诗歌点亮的清晨
被诗歌点亮的古老茶园
被诗歌点亮的春天

循着弯弯的山道
还有藏在老宅中的秘密
有一树树杏花李花
开在历史的不同维度
让深山闪耀
充满哲理和禅意的光芒

有时我们会失约于远方
城里的月像一枚瘦小的柠檬
有时我会想起这个叫花楸的地方
茶山吹来的风
像一首无比熟悉的民谣

杜 均

杜均，号悦竹，1984年出生，四川省阆中市人。四川省诗词协会会员、成都市武侯区作家协会常务副秘书长。编著出版《朱子读书法译注》等书。

花楸山组歌（组诗）

竹上花楸民宿

迥出红尘外，
高台四望频。
溪山掀海雾，
楼阁弄阳春。
小坐花留影，
清游鸟唤人。
城中无此乐，
入夜数星辰。

花楸山贡茶

才起苍烟又散霞，
山中嘉木发灵芽。
一枝横翠凝春色，

四海分香见物华。

千年茶树

地僻山深道已穷，
苍根犹带古人风。
世间尤物多如此，
例在艰难险阻中。

李家大院

几时幽隐在深山，
画栋飞檐踞一湾。
寂寂庭花开且落，
任从尘外得清颜。

大 窗

大窗，本名罗雄华，重庆合川人，生于20世纪60年代末。重庆市作家协会全委会委员、重庆新诗学会副会长、九龙坡区作家协会主席、重庆文学院签约创作员、民进市委出版专委会特聘委员、《银河系诗刊》执行主编、《重庆诗刊》联席主编。在《诗刊》《星星》《人民日报》等报刊发表诗歌、散文、小说、评论千余篇。曾获重庆晚报文学奖等文学奖项。作品入选《诗刊》年度选本、《中国新诗百年民进百名诗人诗选》《界限：网络诗歌运动十年精选》《百年新诗2017年精品选读》等。出版诗集三本、散文集一本。

在邛崃修复前程和爱（组诗）

写给花楸山

为你，用全世界最好的文字
我写得收敛而缓慢

像回程的弯道，一边前行，一边倒车
我舍不得疾走——
尚未离开，就梦回花楸

早晨，花楸山上，日月同在

世界分为两极，东山日出热闹
西边板栗树顶上，天空寂静

它比那一轮空白的残月，还瘦一些
靠近绣球，它不闭月，却羞嫦娥

茶叶上的新露水，洗过鸟声
少女的纤手，和晨曦

我最奢侈，从此旧人用新肺
周围全是好空气，可以修复前程和爱

花楸山的黄昏

它的背影，是一次精心策划的爱情
面对栏杆，遮住了大部分黑暗
让我看见巨大的光明从西山上升起

它右侧的树枝轻微颤动
左边的一株红枫，侧着身子
它突然爱上了远方的云霞

这个黄昏，没有谁的眸子比落日更多情
没有谁的爱比它更鲜艳

在李家大院

李家大院，让我想起倾颓的故乡
一个没有姓氏的老院落
百年门槛，因为高，我的童年
俯身，才能越过

老宅常住的，多是耄耋老人
它和皱纹，和混浊而淡然的目光
和佝偻的身姿，相匹配
也许，老旧的时光也才愿意

在狭窄、晦暗、铺满青苔的步道上
两个青春女子，婀娜的身影
演绎邂逅的惊喜，最后绷不住了
穿帮，笑场

我突然更爱她们，多想
在这样的年华，有一段佳话
给抑郁躺平的后人示范
让他们重新开始，怦然心动

首届邛崃花楸山国际乡村诗歌节诗人（部分）合影

（左起：胡马、杨然、李志、狄力木拉提·泰来提、程维、陆建、安娜、吴少东、雷霞、伊琳娜·丘特诺娃、侯碧云、李双利、姚辉、喻言）

符纯荣

符纯荣，20世纪70年代中期生于四川省达县，现居四川省达州市。现为《川东文学》执行主编。曾在《诗刊》《星星》《绿风》《散文诗》等国内外数百家刊物发表文学作品，入选《中国年度散文诗》《中国散文诗一百年大系》等多种选本。著有《川东偏北》《路途》《罐子坪札记》等多部诗文集。

李家大院

竹林过于幽静。溪水
搬运的潺潺，像一场徒劳
安于花楸山的庇护中

山谷里，风小了一些
青瓦院落端正一副旧颜
接待远来者的陌生

墙基风化处，条理明晰
瓦檐苔记深重。门槛凹槽与板壁裂隙
有足够空间，应对百年探究

空气潮湿、古老，往事若隐若现
嘈杂惊扰的杏花

彻底敞开一树惊艳

一张木桌，一条竹椅，一壶热茶
以朴实、本真之美
深度安慰一颗漂浮的心

花楸山中

这浓重荫凉中的故地
墨绿而深邃
遍野惊涛，习惯于素雅春日
举重若轻地疏解

翠竹缄默，自有存念留于心底
若旧事愈见繁复
噤声之突破口，愈是败亡于
细若游丝的一眼流泉

这是我第一次上花楸山
率性川东和优柔西蜀
一经调和，是否可以云雾缥缈
点化梦里轻愁

沙土之粗粝，石头之硬朗
红日被托举之通透

史记被传说之妙趣
铜壶中，乾坤辗转腾挪
一撮年份的艰涩
正在分解岁月的回甘

山中，花楸树站成路标
古茶园坚持早醒
鸟鸣穿云破雾，溅落的那一滴
怎么看怎么像夜露爱上的
那句诗眼

长长的石梯，才走过一小半
我们仍需翻山越岭

眼前，树荫淡定，山风从容
采摘与烘焙有条不紊
案上新茶漫不经心

这一天，宜不慌不忙、浅啜细品
宜将心浮气躁事
交给沸水感动云芽的缓慢

首届邛崃花楸山国际乡村诗歌节开幕式现场

谷 禾

谷禾，1967年出生于河南农村。20世纪90年代初开始写诗并发表作品，现供职于某大型期刊。著有诗集《飘雪的阳光》《大海不这么想》《鲜花宁静》《坐一辆拖拉机去耶路撒冷》和小说集《爱到尽头》等。曾获"华文青年诗人""扬子江诗学奖""刘章诗歌奖""《芳草》汉语诗歌双年十佳""草堂诗歌奖"等。

花楸山茶

更多的茶芽还留在枝头
浩荡春风里
有无限的少数，纵身跃入了水杯

见证奇迹的时刻到了——
茶芽在舒展。以舞蹈的形式、舍身的形式
美，瞬间不可方物

你知道的，最好的茶
起于第一缕春风，要穿过采茶少女的手
穿过灼烫的铁器和火焰
谓之好茶，它与你至少有两世情缘

更多的季节里，你坐在花楸树下
看流向天边的大河，被萦绕的暮霭挽留
而桌子上变凉的茶水，渐生出
绵绵不息的禅味，和只此青绿的澄澈

郭　毅

郭毅，四川省仪陇县人。中国作家协会会员、四川散文诗学会副主席、资阳市作家协会副主席、《四川诗歌》副主编。曾从军三十余年。1985年开始文学创作并发表作品，先后在《诗刊》《十月》《解放军文艺》《青年文学》《星星》《四川文学》《诗歌月刊》等两百余家报刊发表文学作品两千余篇（首）。出版诗集《行军的月亮》《军旅歌谣》《住在风的骨缝里》《灵魂献辞》《银河系》《突围》《诗意雁江》和散文诗集《苍茫鹰姿》《一个人的清晨或午后》《向上的路》《昆虫谣》等十五部。作品收入《新中国军事文艺大系（诗歌卷）》《新中国六十年文学大系（散文诗卷）》《四川百年新诗选》《百年新诗选读》等百余种重要选本，获得东坡文艺奖、鲁黎诗歌奖、《星星》诗刊优秀散文诗奖、《诗歌月刊》年度优秀散文诗奖和国际国内各种文学征文奖等八十多项。

平乐古镇夜步

灯光齐聚的八月，热量充足的八月，梦境只不过
是我洞穿汗水的步幅。我在月色和星盏中跳跃
一部部烧烤之书、酒水之书、烟火之书……
省略的部分，都是饮食之本、爱情之本……

我供奉，虔敬，抱着它的安慰，总想到我的乡亲

落在我肩头的这些时代之光，足浴于我的工整
犹似我的停步、回步，不被乐善桥少女的曲线无情地解构
但这又有什么，陷入游乐园，让我真假难辨

等到夜静之时，我会将故事一片片收拢
让心底的那个梦，迷住更多回萦的人
我看见他们，脱壳于一滴滴新的露水
把我在天堂的地址抄录得清清楚楚

故人暖
——兼致任洪渊先生

我回来了，这些新铺的街道、新搭的凉亭
犹如我崭新的暂坐，回归的故人
一个个从故道上冒出来，保持着朴素与谦逊
让平落（乐）古镇再欢乐一些，古旧一些

我又看不见她们了，那些在白沫江边捣衣的女人
那些石磨豆花葆住的芬芳，那些背着背篼叫卖的身姿
那些红糖糍粑染色的生肖，那些黄葛树下剃头的摊铺……
回归的每一条乐善，都是灯影，都是深深的回忆

唢呐又吹了起来，二胡又拉了起来，说唱艺术中
我的轻快和悠扬，转眼，又是一个个相识的人、陌生的人
他们让我熬过八十三年的时光，以儒释道找到线索
依然那么柔软和弱小，说出了我的光，又平添了一份古装

胡仁泽

胡仁泽，男，1966 年生于成都市金堂县，现居成都市青白江区。民间诗刊收集、整理者。作品入选《中国年度最佳诗选》《中国先锋诗人群体大展》等选本。主编《屏风》《四川民间诗刊档案》《青白江现代诗档案》等专集。

花楸山行

1

春光从花楸山寨大门
探出头，遥听上山的
你我在蜿蜒山路的惊呼
喇叭声在拐弯处，安抚竹尖

2

不高的群山连绵
唯性灵的花楸山相应
御茶园里，采茶人头顶竹篷
轻盈的生香

3

“天下第一圃”的大字
穴居山石双肩
以时间的擦痕
避开广告法的针眼

4

闲于“竹上花楸”
山泉依然，茶盏更新
留存昨夜叙旧的姿势
新茶旧茶的雾缕，谁辩

5

园内，茶树欢腾
众生鼓掌
绿焰朵朵
翠鸟三两只，观看，轻语

6

看日落，看倦鸟归
看采茶人退去后空空田埂
举杯“花楸窖酒”
至月瘦人醉，至清辉紧裹肉身

胡 马

胡马，汉族，生于1970年，四川广元人，现居成都。曾参与《终点》《人行道》和《存在》等民刊。

春山引

茶垄萌芽着春天的小语种
终于，他们回到远方
在一棵花楸树下品饮云朵和暮色
因为时间发生对折
银杏的戏份被选择性无视
无边竹海令他明白了
食铁兽如何经受不住植物诱惑
而向貔貅进化
何况茶树在目，蕨类返青
车行途中他说：第一次遇见花楸
是在海子的诗行中
第二次是此时此刻在邛崃
在画眉鸟和花楸树代表的春天里
在司马相如和卓文君
发出的结婚两千年纪念邀请函里
最后一个数九天，海拔750米
命运的纵轴横轴交叉，他舍不得

托付给一盏春茶，这是
他们的初见与再见以及无数次见
“远别离”后，树幻化成山脉
他只顾以眼睛享受
天空、山峦、远树和夕晖
暗下去的面孔重新被篝火点亮了
灯光托举屋顶
自千年古茶树冠向天空飞升

黄仲金

黄仲金，四川省盐边县人，现居攀枝花。四川省作家协会会员、四川省书法家协会会员。诗歌曾获《诗歌报月刊》举办的“中国当代跨世纪实力诗人集结评奖”铜奖，第四届、第五届攀枝花文学奖。主编诗集《非主流诗歌档案》，著有诗集《与蚂蚁的默契》、散文集《村里的旧时光》等。

在花楸山（组诗）

花楸山的清晨

我喜欢的那一束光
像极了细嫩的指纹
安静地从窗外溜进来
扑在我稀疏的头发上
扑在茶叶嫩绿的叶片上
它带来了婉转的鸟鸣
犹如缭绕的茶香
把我从梦中唤醒
一睁眼，温软的茶垄便扑面而来
我想起了楼顶那一面安静的水
已经拥有了一些人的倒影
他们手握茶杯，侃侃而谈

走廊尽头的一株杏花
正在疯狂地盛开
在数十条茶垄的簇拥下
成为一道闪亮的景致
其实，我的睡眠一直很浅
但在万亩茶园，却也能酣睡如婴

朗诵之夜

昨夜的石梯，有序的路灯
犹如发光的竹笛
由内而外，拾级而上
醉归的背影，跌跌撞撞
月光也很斑驳
让那株千年古茶树，和
起伏的群山，愈加朦胧

一把空椅子，正在等待朗诵的人
一杯茶，一口酒，一首诗
花楸山的整个夜晚
人影绰绰，诗意弥漫

摘茶的男人

我在花楸山好像是说错了话
让一个人怒目圆睁
但一杯茶，又让我们和好如初

对于我的手机镜头，他并不回避
就像面对啃食茶树嫩芽的茶毛虫
已经见惯不惊
腰间系着的小竹篓
只有几枚茶芽，除了空还是空
手中的叶子烟杆，被他不慌不忙地点燃
像我小时候见到的父亲
他摘茶的动作，慢条斯理
并不娴熟，却很专注
我斗胆说出了对他的印象——
采茶不如女人灵巧
他哼了一声，一口旱烟
便脱口而出，旋即
就被一阵不知趣的风，裹挟而去

李家大院

这是我第二次来，相距第一次
这里的风，已把它抚摸了十六年
但它仍然姓李，只是
门前的芭蕉树，又重新开了花
花下逗留的人，已换了一拨又一拨

院子里的那一株杏花，特别惹眼
两个人匆匆穿过二楼敞开的门扉
会不会看到别样的景致，我不知道

但我看到了他们急切的背影

进入后院，竹椅上的几个老人
表情和他们面前的茶水一样安静
旁边的桦树皮，一天比一天苍老
回到院子里，品茶和交谈的声音
犹如盛开的杏花，此起彼伏
而我关心的是那一块悬在门扉上的牌匾
无数的目光敲打了一百五十年
表情从容，楷中带行
有人在议论书写的内容
还是正在整修的工人说出了真相
——克绍箕裘

回程，有的步行，沿途返回
有的坐车，多品一会儿茶
走过的风景，都在喊累

华 子

华子，本名熊泽华。眉山市作家协会副主席、眉山市青少年作家协会主席、眉州东坡书院院长、《百坡少年》文学杂志社社长。

在花楸山做一只蝉或鸟（组诗）

花楸山夜游

天地之间一定有一把梳子，
平息着远近、虚实、曲直和参差。
五友之间一定有一把梳子，
平复着性别、年龄、性情和学识。

一轮月亮，一树婆娑，一声犬吠，
都拿得出这把梳子。

沿途有或明或暗的寂静，
成为五友漫步中的插话者。
鸟雀和他人都已安息，
彼此的呼吸如鸡犬声相闻，
如春茶芽尖上正在伸展的梦境。

何夜无月？
何处无友人？
但少共用一把梳子如吾五人者耳：
邹伦刚、李龙炳、桑眉、敬丹樱、华子。

未识花楸树，先见杏花开

在花楸树声名显赫的山头，
容得下百花开，
且笑迎他花先开。

在花楸山做一只蝉或鸟

仪式里或正或谐的措辞，
餐桌上天南地北的酒话，
私底下东拉西扯的闲聊，
晚会中高歌低吟的联欢，
诗会后拖拖拉拉的约稿……
悲喜时隔空共享，
尘世间烟火相望……
凡此种种，真实与意义，
配得上花楸山的原始林？
配得上次生林？
抑或巨桉林？
荒山野岭？

能否做一只蝉或鸟，

我噪，你鸣，都可以
让花楸山的幽静比季节更长，
让笋子和野生菌比雨水更多。

花楸山深谷的等待

惯看天与地肝胆相照的对饮
你如何端起
这挚守千年的绿色情义

天下第一圃

康熙的宫廷和私家花园
早已随风零落成泥，但他御赐的
“天下第一圃”，因为扎根民间
至今在邛崃花楸山郁郁葱葱。

神话中再威武的龙虎、貔貅，
都镇守不住权势、财富和时间；
现实中再弱小的麋鹿、鸟雀，
都会视盛大的皇家园林为弹丸之地。

高大如 1300 年的古茶树，
低矮如一岁一枯的地衣苔藓，
只要深入土壤和民心，
就能生生不息。

高踞庙堂的龙威其实是狐假虎威，
“天下第一圃”其实是从皇帝
变身为一介草民的大彻大悟，
世间再无选妃和特制的官服。

只要有萤火虫聚集，就不愁
“天下第一圃”这几个大字不发光。
在花楸山，采茶就是采诗，
一夜雨水就可催生牛肝菌一样的网红。
单从茶园、民宿、美食密集的角度，
已很难分辨俗人和诗人。

连皇帝的书法艺术，也要通过民间渠道，
考验至今，还要与“天下第一圃”
一同经典永流传。

汉 师

汉师，本名陈汉云，邛崃市诗人。作品刊发于《星星》等诗刊。出版诗集《崃山下的心曲》等。

茶酒人生

人生如茶，或浓或淡
过好了，浓淡总相宜
过坏了，浓淡都是泪

人生似酒，或甘或苦
过好了，甘苦都任品
过坏了，甘苦都是罪

茶泡天地阔
一杯慢品，野泉烟火白云间
酒饮情谊生
几盏微醺，淡烟疏柳尽清欢

春天已临，草长莺飞
走，我们一起
到平乐竹上花楸品茗
到夹关青青茶山寻芳

到高何原窝子酒庄醉月
入夜，满梦都是香

何承洪

何承洪，笔名橙红。中国金融作家协会会员、中国散文学会会员、中国报告文学学会会员、四川省作家协会会员、四川金融作家协会秘书长、邛崃市作家协会副主席。1986年开始创作至今，在《中国青年报》《金融时报》《金融文坛》《四川日报》等报刊发表小说、诗歌、散文千余篇。出版诗歌、散文集《秋之韵》《橙红小拾》等三部，在全国、省市级文学征文比赛中多次获奖。

在花楸山听雨

芳草萋萋
燕语呢喃
又是一个樱红柳绿的季节
翠绿的春芽
挂着露珠沐浴着阳光
在花楸山
享受那自在的空灵
放一瓣春茶在杯中
一沉一浮
便是一生

夜色蒙蒙

小雨淅淅
在花楸山
我不想这世事的烦嚣
我听雨享受寂寞
这不是悲伤也不是欢喜
这是一种无比的宁静舒心

一天的喧闹都被我丢在脑后
一生的疲惫此刻都成为历史
我在花楸山这个宁静的世界
一心一意听那小雨淅淅
我相信真正的修行是红尘炼心
要在修行中生活
在生活中修行

那雨带着灵性进入我的大脑
又走向我脑海深处
远方的她是否安好
是否还诗意地栖息
花楸山那纯洁无瑕的杏花
是不是你美丽的容颜
那奔放的樱花
绽放在山野
宛如你眉心精美绝伦的痣
我放下了但始终没有放弃

但愿我也能庄生晓梦

听着雨滴入眠
一觉醒来物我两忘无所羁绊
好像花楸山的茶树
面对千年来往的过客
仍然淡定自若沉默不语

首届邛崃花楸山国际乡村诗歌节诗人（部分）合影
（左起：陈维锦、钟渔、金铃子、张二棍）

敬丹樱

敬丹樱，四川人。曾获华文青年诗人奖、诗刊社“年度青年诗人奖”、四川文学奖等。出版诗集《槐树开始下雪》《周一的火车》等。

竹子长成海（组诗）

竹上花楸

在花楸山
得找一首茶歌，《茶山情歌》太甜
就《六口茶》吧
要在露台数一数微雨
要顺石阶而下
找到“天下第一圃”的古茶树
融化在茶花月光白的清气里
一天一夜的小住
是烟熏火燎的生活分支
一分一秒都不真实
让人迷恋。花楸山以独有的方式治愈
——接过沾挂露水的月季花插
坐在硕大的
名叫玉阑干的房间飘窗旁

怔怔望着杯盏里的邛崃黑茶
为墙角的竹子、梳子草和绣球花蒙上白雾
直到暮色吞没屋顶上的云朵
远眺灯火中的白房子
那梦境般的所在
从白房子的书吧上楼
觥筹交错的诗歌朗诵会现场
老板娘不知疲倦地招呼着
晚风鼓动白色窗纱时，被美好的姑娘揽着
温暖让虚幻感加重
离别发生在晨光里
路过队列整齐的树木
从众多手作竹筒风铃里认出自己的两行
几乎是冥冥中的暗示
当我“在一个人的岛屿
用孤独，搭建两个人的辽阔”
竹上花楸
是那根恰好的浮木

竹子长成海

竹叶是最小的单位
细细的浪，在风声中连成一大片
沙啦啦，此起彼伏
其实看不清这些浪花
大雾里我们甚至看不清彼此
竹子长成海需要多少年

指头勾不过来，但可以用来数算
分别的年限
沿雾茫茫的时光回溯
就能抵达院子后面那片竹林了
小小的，刚够留住两个分别多时的少年
多么亲切的竹林
我们穿梭其间
笋壳被踢得咣当响
作为惩罚，从凉鞋露出的脚丫被笋壳
刺得又痒又疼
我们毫不在乎。抽竹芯
捉笋子虫回去烧，那种钻心的香
市面上没有可以匹敌的烧烤
我们甚至没有一张照片，也不必依赖照片
就能陷入那些清凉的绿时光
你已经远嫁河北
没法继续参与彼此的生活
在多年后的短暂碰面里我们变得生疏
并没有谈及具体的后来
如果加入描述
应该少不了竹芯茶
微微的苦

李家大院

有没有可能
我们从硕大的蛛网落下来

躲进这样的深山
一路顺水蜿蜒，满眼都是绿，树啦，竹子
兰草到处都是
大巴车开得惊心动魄
乘客在每个急弯处都把命拴在腰间
古建筑群是清代
一位李姓纸商所建
有没有可能他入川，是为躲避追捕
这 149 间院落，把深山的“深”字
又加了几笔转折
时间走到这里就停了
我们租住其中一间
在屋檐下听雨，听木头桌子前
那几位老人讲古
全部的耐心
交由眼神，递给埋头编刷把的爷爷
都是熟悉的味道：红砂石板、青苔、阁楼
有时阳光从天井
送给每人一条长长的影子
我们可以搓童年的竹蜻蜓
可以把这绿山墙下
窄窄的巷子，每天走上十几遍
我来这里你是知道的
有没有可能你想象望着一丛兰草出神的我
对这些可能性有过
种种盘算

金指尖

金指尖，本名周剑波。中国金融作家协会会员、四川省作家协会会员、四川省诗歌学会副会长、《四川诗歌》主编、《诗领地》主编。

徐家大院与茶

徐家大院的徐，紧邻竹上花楸
游客徒步花楸山的徐
一座落成于光绪十九年，供徐氏子孙
安居乐业百余年的徐
从成都上绕城，沿成温邛高速，入黄花路
过十里竹海，放慢车速
徐徐开车上花楸山景区的徐
山风徐来，听得见竹上花楸讲故事的徐
自产自销徐氏新茶
炒青 150 元一斤、芽茶 450 元一斤的徐
风过千山，御茶坊香茗袅袅
由浅入深，被花楸贡茶徐徐浸润
我心由茶不由我的徐

花楸民宿吃茶

贡茶、御竹、御露
被流年的深色背景，锁定在观景台上
飞霞反复擦拭新辟的民宿
从御茶园采回一篮 2021 年新词
因为干净，我自安心
望山得山，望茶得人
一斤新茶的阳春三月，消弭于做茶的小姑
她把凝而不散的馥郁，从我的左心室
移向右心室，从皇家茶贡
移向千年茶树王，从西汉《神农本草经》
移向邛茶香天下，从川西古民居群
移向南丝路起点，从茶马古道第一州
移向西域诸国和康藏诸地茶马互市
听文化，讲故事
借助这样一盏茶，来看清
一些人生往事和尘缘人心
抿一口茶汤，我满口生津，再抿一口
茶姑笑靥生花。一笑生云梦
二笑抚叶琴

蒋 艳

蒋艳，诗人、重庆文学院第五届创作员，现居重庆。作品散见《诗刊》《星星》《扬子江诗刊》《飞天》《诗潮》《绿风》《诗选刊》《汉诗》《重庆文学》等，入选多种年度选本，出版个人诗集《江水拉响的提琴》。

世间上好的璞玉（组诗）

平乐古镇的中音部

青石板像冷静的述说者，
时间久了，石板缝隙也温文尔雅，
人们不急不缓，平静的神情
和青石板的沉着，都像清晨。
空气的清甜，出自儿童的响动。
蓬勃的行道树起承转合，很快
成为一道风景，他也心藏大海吧，
一片一片树叶，像绿色的浪花。
暮色感到孤单，稍许不适合小镇，
孔明灯亮出友谊的烛光，
夜晚邀请暮色，走进
孔明灯主人的真实声音。
友谊在小镇交织，每一条刺绣的布局，

让蜀布前往异国他乡安居。
风吹得古榕树浑身痒酥酥的，
平乐古镇的中音部，安抚闲适的、
心怀幽谷的小民，
与其说出来苍白，不如收起来
让夜晚吞吐，拟星辰。

世间上好的璞玉

白沫江宛如蛰居民间的一条游龙，
年代越久远，越想捞起银亮的鳞片。

鳞片附着的屋顶，吊脚楼、民宅
便有了遮风挡雨的瓦。

人们的韵骨透过画中稀薄的雾，
镶嵌在白沫江两岸。

竹筏等待的人家，已向深巷
清点物资，画笔还在期待落笔的神助。

七孔，半圆桃尖形桥拱的乐善桥，
耗费十年之工，建成日已是另外的人生。

磨砺的日子每天都在上演，白沫江穿过
古镇，像温养着世间上好的璞玉。

幽深的“地下河”

如女子的深喉，梁间回环的录音带，
天工别院两边的灯笼向我们展示优待。
热情以不熟悉的亲切感，让我们肃然起敬。
无声的秩序像打开无声的门扉，
全凭寄托的某种热爱。
顶端的灯笼，灯光敞亮，黄色红色，
另外的颜色，人与景，
都在天工别院达成和谐共处。
仙鹤先我们一步到来，引颈高歌，
作为先来者，它已经在黎明的光环上
添加大气层，我们只需到来，带上七窍。
我们面对此地的向荣仅仅是条小溪，
主干，这条幽深的“地下河”，它的支流，
向四处张开了怀抱。

车上观竹

我和你隔着透明的玻璃，还不止，
我没有停下来，和你促膝交谈，
想想，那是多么动人的时刻。
像翻书一样，你在我眼前一页一页地
翻过去，每一页都有新的内容，
像小溪每天为你献上不一样的唱片。
有时带来魂牵梦绕的迷情，

呵护你长大的女孩，如今梦游他乡，
回味她拂过你时的温柔和轻声诉说。
有时鸟儿会为你唱一段见闻，
一棵会移动的树，一棵会转移开花的树，
邀请鸟儿品尝甜美的果实。
溪流会问你，下雨后，我是奔腾的马驹，
带上一身的荣耀，那些泥沙，
平静时，我是寂静的黄莺，为你唱
动人的歌，你更喜欢哪个我？
竹林沙沙响，竹叶片片飞，
脚下躺卧的鹅卵石沁出伪装的绿苔。

金铃子

金铃子，本名蒋信琳，出生于重庆市垫江县，中国作家协会会员。20 世纪 80 年代末期开始发表诗歌，著有诗画集九部。曾参加第二十四届青春诗会、鲁迅文学院第十七届高研班。曾获得徐志摩诗歌奖、李杜诗歌奖、《诗刊》年度青年诗人奖、《北京文学》年度诗歌奖、《十月》丽江爱情诗年度诗人奖、屈原诗歌奖等文学奖项。

站在雷霞的茶园

这些茶树，活过百年、千年
怎么可能被一个人认养

它矮小而简洁的一生
容不下我的嘴唇、人间的喧嚣

它在高高的花楸山
只容得下无边的风月、万古闲愁

木　简

刻满诗的木简从山脚挂到山顶
阅读每一个木简，约等于
和每一位诗人打招呼

从楸上民宿爬上楸上竹斋，约等于
读了每一位诗人

白衣女子赠我邛酒
美人，你才是一首诗

不用刻在木简上，你是唯一
不会被遗忘的，那句抒情

爱每一株花楸

我爱那密集的花朵
萼片的三角形
爱那萼筒的钟状、它白色的茸毛
由此，才有了心的悸动
由此，我的激情粗锐而锯齿

我感受到生的灿烂
死的苍凉
今天的雨仍然温暖
女主人，她有一双炽热的眼睛
果实和芳香
她在低声朗诵
爱每一株花楸，像爱女儿
爱每一芽茶蕊，像爱儿子
如果我还有爱
会分给春天一些
唉，我的爱已经用完
它只能空手而归

首届邛崃花楸山国际乡村诗歌节开幕式现场

康 伟

康伟，《中国艺术报》总编辑、全国新闻出版行业领军人才、中国文艺评论家协会理事、中国报纸副刊研究会副会长。

风

松树从油菜花地喷涌而出时
是安静的，油菜花
从墓地旁边的斜坡上
喷涌而出时，也很安静

采茶人指尖拂过茶尖时的沙沙声
恰好被着急赶路的风听见
它惊讶于这声音，但这惊讶
也是安静的

它着急是因为路上那个
满怀心事的人，那个
脸色铁青的人
需要它敲打

需要它把这个人
从虚无中急速运回春天

而它运送他回春天时的风驰电掣
也是安静的

慈　竹

把那块想从崖上跳下
做个了断的巨石
稳稳托住
慈竹并没费什么力气

轻轻靠住石头的竹叶
仿佛只是不经意间
就稳住了
摇摇欲坠的世界

而它要把自己稳住
则近乎徒劳
更多的慈竹围绕着它
加剧了它内心的空虚

更多的慈竹取消了这一棵慈竹
但它苦于无法把自己取消
它只能在山间
胡乱地吹着口哨，不停地踱步

寇玉苹

寇玉苹，四川省邛崃市人，成都市作家协会会员。曾获成都市“森林草原防火”征文比赛三等奖。作品见于《现代艺术》《晚霞报》《西南作家》《大中华文学》等报刊。

我在花楸山上等你

我是花楸山上的一株茶，不低于
那片竹海，也不高于李家大院
看似平凡，却是康熙最爱的御茶

当草木足够极致时，我畅享
晨露清霜，蹦出两枚嫩芽。当雨水
足够饱满时，我呼唤呢喃的燕子
为花楸山，衔来一抹绚丽的彩霞

三月，春色染心。依稀
似有声音催促，你循着茶香
沿青石板路至花楸山。听到你的
脚步声，我有些紧张：不知轮回的
路上，你是否还记得我的模样？

杏花树下，我能听见你的

叹息，却很难告诉你：
我在这里。因为，当我开口
声音就会消失在空气里

夜幕降临，你在“日暮归”
酣然入睡，我在李家大院
来回穿越，只为捡拾那串
遗落在，你梦里的花瓣

清晨，你被大山唤醒
依稀想起，梦里流下的
泪痕。仿佛刹那
福至心灵：原来，那株茶树
已等你百年、千年……

梁尔源

梁尔源，湖南省涟源市三甲乡人，中国作家协会会员、中国诗歌学会副会长。参加《诗刊》社第七届“青春回眸”。出版诗集《浣洗月亮》《镜中白马》《蝶变》《论镜中白马（论文集）》。《镜中白马》入选中国青年出版社“中国好诗第五季”，《蝶变》被首都师范大学新诗研究中心等六家单位联合推评为“2022年度十佳华语诗集”。获中国汉语新诗百年最具实力诗人奖，获2020年《诗刊》全国征文大奖，被中诗网评为“2021年度十大诗人”，2022年获国际华文诗歌大奖。

花楸山顶品茶

靠着云的胸脯
像一片浮在杯中的绿叶
此时的心境
不是脱俗清淡
而是一叶障目之清高
当一片片香茗沉入杯底
那飘浮的灵魂才尘埃落定
端起茶杯
山谷就像一架久未撩拨的古琴
如此空灵
人间真乃寂寥

呷一口千年古茗
味蕾上开始走动唐诗宋词
晃动一泓碧波
无需候清风
也不必邀明月
那部久搁的无字天书
给我醍醐灌顶
选一棵百年老茶树
将名号拴在枝头
瞬间红尘开始脱落
山岚编织出飘逸披风
那些涌动百年的根颈
缠着《诗经》的风
挽着相如的情

陆 健

陆健，著名诗人、书法家。1978 年考入北京广播学院，在中央电台、河南省文联曾有任职，现为中国传媒大学教授、硕士研究生导师，中国作家协会会员、中国殷商文化学会会员、中国传媒大学书法学会副会长。曾出版文学著作十九部，获多种文学奖，有作品被译为法、英、日文，有作品被收入《中华诗歌百年精华》等书。

题在邛崃花楸山顶

我紧紧抱着
写着我名字的这棵茶树
像抱住自己的性命

谢谢你一直等着我
你的沁香
必将比我的文字更久远

首届邛崃花楸山国际乡村诗歌节诗人（部分）合影
（左起：刘清泉、张二棍、钟渔、芮虎）

李永才

李永才，重庆市涪陵区人，现居成都。中国作家协会会员、成都文学院签约作家、成都市作家协会诗歌委员会主任、《四川诗歌》执行主编。作品见于《诗刊》《星星》《扬子江诗刊》《诗选刊》《绿风》《诗歌月刊》《诗林》《诗潮》《飞天》《休斯敦诗苑》《当代国际汉诗》等三百余种刊物，在全国诗歌大赛中获得多种奖项，并入选《中国年度诗歌精选》《中国年度诗歌排行榜》《汉英双语年度诗歌选》《中国年度优秀诗歌》等数十种选本。出版诗集《故乡的方向》《城市器物》《空白的色彩》《灵魂的牧场》《南方的太阳鸟》《与时光伦理》等多部。领衔主编《中国诗歌版图》《四川诗歌地理》《2018—2021 年四川诗歌年鉴》等诗歌选集。

看春天

在花楸山，看见不一样的春天
麻雀望天空，草木向人间
鸟的清唱，是为了阳光更明媚一点
而风的呐喊，是想把青山
从梦中喊醒。我沿着山的起伏
东张西望。看山，山就绿
看鸟，鸟就叫。看见李花的春天
肆无忌惮地开

我无力种养这里的秀色
抓住机会多看一眼
也不失为一种颓废的享乐

在花楸山

在这里，民居与民宿
对生活的印象
各自深刻。就像走过的山路
有的陡峭，有的蜿蜒
如果言及风水，民居的院子
接近于破旧，没有什么名堂
风景与光景，从来就不是一回事
你看见的天水，不一定是井水
正如花楸树与茶树
高大的，徒有其名；而低矮的
却让人喜爱。其中的原委
与年代无关
或许与味觉和视觉有关

刘清泉

刘清泉，诗人、评论家。四川省安县人，现居重庆，就职于重庆师范大学。中国作家协会会员，重庆市作家协会全委会委员，沙坪坝区文联副主席、作家协会主席，《重庆诗刊》执行主编。出版《永远在隔壁》《倒退》《101 个可能》三部诗集，著有《所幸心有所系——一个诗人的诗歌批评》文艺评论集一部。

车入花楸山

修竹沿途，像箭一样
自道路两旁，齐刷刷射向山深处
金铃子来过，为去年捏死了
至少四只邛崃蚂蚁而忧伤
（昆虫之间的爱，也有秘密）
当她说出“路拓宽了，我心犹窄”
同车的益哥、紫罗蓝和我
几乎同时把目光又收紧了些

花楸山也紧呵——
遍野的茶树绿得过于饱满
以至于李花杏花只好躲进李家大院
像娇羞的小姑娘，不敢抛头露面

而花楸尚在育种、做床
若要那红彤彤的果子挂满枝头
须等到九月，方可令此山名副其实

当下，在不见花楸的花楸山
春光早已无限
（无上限，亦无下限）
我们是否已犯下一两个美丽的错误
暗地里欢喜，是否继续

在平乐古镇

我爱分三水的白沫江
也爱平沙落雁在此弹出邛崃口音
我爱江岸边高高低低的吊脚楼
也爱竹麻号子鼓荡着十三条老街

春日暖阳下，一壶花楸贡茶
我和三个有闲人坐至正午
慢慢移往荫凉坝
茶水冲淡了，最爱是通透

李 灿

李灿，曾用笔名李清荷。成都文学院签约作家、中诗网首届签约作家、鲁迅文学院青年作家班学员、成都市作家协会全委会委员、新津区作家协会副主席、《四川诗歌》编辑。在各级刊物发表诗歌、散文、评论、小说等文学作品，诗歌入选多种选本，多次获奖。著有诗集《桃花流年》《桃色三千丈》《布景者》《星星的村落》《我的女命 我的大唐》五部。

花楸生活（组诗）

花楸山里寻花楸

在花楸山，我关注了每一种植物的纹路
想看看它的手臂，是否开出了白色的花
想看看它的果子，是否是由黄色
逐渐变成鲜艳

寻遍了整座山峦，回应我的
是松柏，是竹林
我开始掩藏行迹，以为花楸
一定是那株千年老茶树

在一些记载里，我看到花楸

与赤丹、百子莲、水蕨、扑蝇草、烈香茶花一起
是山川图腾的一部分
在北海道，花楸是我的名字
在九州，花楸又是你的姓氏

上山先入林，看花先观绿
在花楸山，我忘记了一切
忘记了意念在空中飘浮，深藏了该省略的一切
忘记了翅膀、尖叫，还有时光的漏洞
一柄柄阳光的刀锋

草木之心胜于一切

从邛崃到花楸，距离有多远
要经过多少山道、竹林
要拐多少弯
要经过多少道小溪流
要看到多少朵盛开的鸢尾花
紫色与白色、粉色相间，似飞舞在山林里的
蝴蝶

在密植的茶树之中，感受清明时节的
风声、雨声、鸟鸣声。从一只只劳作的手心
聆听了岁月愈合的过程。时间可以用来雕刻
可以用体温作画，可以在死亡和活着之间
安奉神灵；雨露也可以作画，左边
化为经，右边化为纬

草木有灵魂，我亲近了它
用步履的缓慢，拉长夜色里的灯盏
每一片疲惫的叶子，都用尽毕生的力量
越过我的身影。这空灵的喜悦
正在经历的，是一次深深的眩晕之旅
我怀揣着一颗隐世之心
忘记了最终的表达

静止与不可逆转

无边的绿，让我不由得感到惊诧
多么像打开的一块大地的调色板
多么像把摇晃的内心停下来的
心怀虚无的人

饶有兴趣的我们，像野花野草一样
生机盎然，像新长出的嫩嫩的
春笋。每一个人都将葱茏的颜色
铺展在身上，就好像将整个春天
穿在身上

有一些技艺被留了下来
用以唤醒历史的沧桑，反复锤炼的智慧
色泽通红，从开始到结束，
都泛出了一些遮挡不住的光

住在深山里的人，每一日都是干净的
凌晨扫去积雪，晌午用树叶烹茶
等到傍晚，看满钵满钵的阳光
一点一点地变成碎银子，变成白色羔羊
变成远眺的风车

罗晓红

罗晓红，笔名紫罗蓝。重庆市作家协会会员、重庆新闻媒体作家协会理事、重庆市散文学会理事、重庆沙坪坝区作家协会理事兼副秘书长。有诗歌、散文、小说发表于国内多家报刊，作品被收入各种选本。

千年秘密

去花楸山见千年茶树，很难
它的秘密，即便穿越蜿蜒密林
登上级级石梯，也无法逐一破解

每一片茶叶，都暗藏玄机
千年清香，灌醉了一群诗人
手握钥匙的花楸，轻轻端走满桌诗行

我携阳光而来，一个疲惫的旅人
只想借一千吨微笑，在花楸山
发出新芽，解开自身谜题

想陪一座山慢慢老去

在花楸山，花的故事还未出版
只有数万株茶树被风霜反复擦洗
列队接受注目之礼

一个不爱喝茶的人
一个只想看花的过客
被一杯茶反复浸泡，不舍归去

尘世间的苦涩、悲伤、失落
斟满琥珀色的茶壶
又被不断过滤

想陪一座山、一棵树
一起慢慢变老
哪怕只留一缕云烟

毛　子

毛子，本名余庆，生于20世纪60年代，湖北省宜都市人，现居宜昌。作品散见纸媒和公共平台。曾获扬子江诗学奖、闻一多诗歌奖、十月文学奖、御鼎年度诗人奖、赤子诗歌奖等奖项。出版诗集《我的乡愁和你们不同》《冰川擦痕》。

愿这棵茶树认领我……

愿这棵茶树认领我
赐我耐心、朴素和安静
我要跟随它回到自然的本源
落籍、生根、吐蕊
四季葱茏……

首届邛崃花楸山国际乡村诗歌节诗人（部分）合影

木 易

木易，本名杨兴，诗人、作家、独立制片人。四川省会理市人，现居成都从商。主编《格式文艺》。出版有诗集《你的村庄》《误入人间的烟火》《诗者木易》、散文集《君子之交淡如茶》。获《中国诗人》微刊“2017 年度诗人提名奖”等。

与胡马在白沫江畔

像在一个角落里，一个想象中的角落
“我们都写过白马”，他的笑带着惯常的含蓄
一瓶矿泉水，巨型风扇掀起热浪，噪音低沉
他说只想通过写作，去保持住一个诗人的人格
他阐述作为诗人的感受，无论白沫还是白马
包括我们自己都是偶然，白马偶然进入人的大脑
如周遭的事物、游客、蝉鸣、匍匐江水上的舟
它们显得过于齐整，均以相同的速度在流逝
我们坐在一个剩下的角落里，透明的玻璃桌子
崭新的藤椅——所有被讨论和看到的都不复存在
或许我们一直找寻的不是白马，而是我们自己
你应该尝试两次进入一条河流，好比爱上不同的
两位女士，将时间放大，剥离时间空间的概念
成住坏空，包括毁灭与虚无，只剩下诗意中的白马
他又笑了，弗洛伊德认为，开始这样想的人

都不是正常人。我不想反驳，谁是诗人，谁是精神病
我只看到，所有的诗句都褪去颜色，进入了
盛夏安静的微光里

泣 梅

泣梅，本名梅军，重庆市作家协会会员，重庆新诗学会副秘书长，《几江》诗刊编辑，渝水澜庭编辑。获过奖，作品入选过多种选本，作品散见《星星》《散文诗》《诗选刊》《辽河》《中华文学》等。

李家大院

每上一级台阶，年代就越久远
依山向谷，皇恩宠赐
这是李家大院，但不是你家大院
你感受到了古朴与厚重
也感受到了空旷与疏离

仿佛一百年前的书信
快递到了平乐镇的山水间
谁来解读，谁的沧桑就失去了沧桑的理由

童年隐身，季节不语
高高的大门吱呀一声被打开
等待阳光倾斜过来，一丝一丝
擦拭皱纹的波浪与心情的尘埃

与大院同岁的风，自清咸丰年入住
在 149 间房里挑挑选选，生儿育女
现在，它从客房搬到主卧
把一些身影吹得模糊，甚至消失不见

院坝里喝茶的都是过客
他们期待的故事有的已经发生
有的已失去了发生的契机
但，没有一个人为他们复盘

牌坊沉默，石狮沉默，砖瓦沉默
仿佛它们知道，只有戴着某种坚硬的面具
才能在人间争得一席之地

你退出大门，在狭长的通道
放下邂逅的场景，反复拍摄着
石栏杆上眨巴绿眼睛的苔藓
像拍下百年大院柔软的种子
或者它含蓄的春天与细碎的语言

芮 虎

芮虎，德籍华人学者、作家、翻译家。现居德国斯图加特和中国成都。四川传媒学院客座教授、德国《欧华导报》文化版主编、《看历史》《东方历史评论》等杂志特约作者、微信公众号“摆渡者芮虎”主笔。台湾“梁实秋文学奖”得主。

我为何频频举杯

我为何频频举杯
因为我爱这山川
爱竹林坚韧挺拔
爱茶树婆娑多姿

茶圃灿烂的线条
在竹海之上延伸
面对漫山的茶树
在茶园里采茶的人
我再次举杯

在“天下第一圃”
红砂岩的坡上
我看到贵为天子的龙
在茶人面前匍匐颔首

我再次举杯

在德国没有茶

在德国没有茶
只有苦咖啡和深奥的思辨
从莱茵河到阿尔卑斯山
我常常在静谧的小镇
寻觅一个茶馆
对茶的思恋让我彻夜无眠

当我从德国回到故乡
最喜欢坐的是茶馆
无论绿茶、红茶，还是普洱茶
都是我钟意的佳茗

如今来到花楸山
对了，花楸山茶
在春日，花楸山茶
开出啁啾的花朵
鸣啭清爽的明媚
香遍十里竹海
酌饮花楸山茶

我醉倒在绿色的山谷

耳里传来远古的诗篇
那是卓文君和司马相如
他们情意绵绵，地久天长

首届邛崃花楸山国际乡村诗歌节诗人（部分）合影
（左起：李玲、陈尧江、符纯荣、詹义君、黄仲金、羽童、芮虎、曹纪祖、席永君、钟渔、王勤）

冉 杰

冉杰，四川省作家协会会员、成都市作家协会诗歌专委会委员、成都市武侯区作家协会诗歌专委会副主任。现为某报副刊主编，有作品集问世并获奖。

凋零的茶花

何必以抒情的方式认养茶树，
康熙浓重的一笔，已将茶叶
翻炒千年。只有烧水的茶壶
还悬挂在楸山，成了没有生锈的
时钟。采茶人把钟声成捆成捆地
背回家，晒干之后细嚼慢咽。

我承认，楸山是一把锋利的刀，
切割一半的阳光，再切一半月亮，
让鸟影调和成黏稠的清香，
喂养一株株茶树。舒展开的茶叶
很像茶马古道的蹄印，
深深浅浅，沉浮在人世的江湖，
一阵狂风暴雨，猛然间，
覆盖了所有的印迹。
只有穿透力极强的根须，

还狠狠地伸入“天下第一圃”的石缝。

千年茶树，开千年的茶花，
却在锈迹斑驳的夜晚凋零。

商 震

商震，1960 年出生于辽宁营口，现居北京。写诗及散文随笔，曾任《人民文学》副主编、《诗刊》常务副主编、作家出版社副总编。出版《借搜神记一用》《谁是王二》《半张脸》《琥珀集》《脆响录》《三余堂散记》《一瞥两汉》等诗集、散文集。

乐善桥

我站在伫立百年的桥上
江水从桥下流去
流水能冲走的事物
都是无根的
我和云的影子
在水面上只是晃动
不会被带走

流水不希望有桥
不喜欢冲不走的事物
而桥坚定地让江两岸百年好合

此刻
我站在这里
目睹了这座桥的努力

首届邛崃花楸山国际乡村诗歌节诗人（部分）合影
（左起：可可、周家琴、罗晓红、羽童、敬丹樱、钟渔、金铃子、桑眉）

沈浩波

沈浩波，当代诗人。1976 年出生于江苏泰兴，1999 年毕业于北京师范大学。2004 年，受邀到荷兰与比利时举办专场诗歌朗诵会。出版中文诗集《心藏大恶》《文楼村记事》《蝴蝶》《命令我沉默》《向命要诗》《花莲之夜》等，诗歌被翻译成十多种语言，在海外出版西班牙语诗集《下半身》、韩语诗集《理想国》、丹麦语诗集《蝴蝶》。曾获第十一届华语文学传媒大奖、《人民文学》诗歌奖、《十月》诗歌奖、中国首届桂冠诗集奖、首届“新世纪诗典”金诗奖、第三届长安诗歌节“现代诗成就大奖”等。2016 年创办“磨铁读诗会”。

乐善桥

月光照耀着老大桥
有位老人从桥上走过，慢悠悠
有个孩子在桥上奔跑
摔倒了，被妈妈扶起来

月光照耀着白沫江
有位老人从桥上走过
看见童年的江水，从月光下流过
就像发亮的铁轨，被火车带走

一个孩子离开了故乡
发亮的铁轨，就像江水流淌
一个老人回到故乡，月光照耀着
老大桥，月光照耀着白沫江

江水在桥下流淌，一个孩子
他没有妈妈，孤单地
从月光下走过，桥面的曲线
拥抱他小小的身体

月光照耀着白沫江
年轻的母亲，牵着孩子走来
老人看到孩子，摆脱妈妈的手
奔跑在起伏的桥面

月光照耀着老大桥
有位老人从桥上走过，慢悠悠
有个孩子在桥上奔跑
摔倒了，被妈妈扶起来

桑 眉

桑眉，本名兰晓梅（宝梅，祖上畲族），1972 年冬出生于四川省广安市，现居成都，供职某文学期刊社。中国作家协会会员、成都文学院签约作家。出版个人诗集《上邪》《姐姐，我要回家》。

如此翩翩
——邛崃采风，川西竹海半日游

游客频频举起相机（或手机）
把竹林和林间氤氲的雾气装进去
如果可能，他们还想将鸟鸣塞入背包

然而竹茂林深，岚气飘忽
不知名的鸟雀隔着轻纱
多情人沦为过客

我也不免落俗
当我与同伴踩石礅过溪
溪水倒映竹影、云翳，和我们的身影
我有片刻怔忡——

呵，“蒹葭苍苍，白露为霜”

而水远天长
“所谓伊人”缈缈似杳雁……

山径蜿蜒，效人生曲折
行路者各怀热忱或落寞

其中一个截去右肢的中年男人
双拐使他步履富有节奏
面对陡峭湿滑的台阶
他是否需要反复笃定内心愿望

人群拥上牧云桥
它在青空之下、竹海之上
横亘着，像一道难题

谁不是来人间历练的呢
谁面对动荡命途不曾心生战栗呢

一晃，（转眼）一切幻成云烟
一晃，枯黄的竹叶坠下来
如此翩翩

凸 凹

凸凹，本名魏平，1962 年春天生于都江堰，现居成都东郊龙泉山下。诗人、小说家、编剧。有长、中、短篇小说在《长篇小说选刊》《中篇小说选刊》《作家》《北京文学》《芙蓉》等文学期刊发表或转载。著有长篇小说《甑子场》《大三线》《汤汤水命》和中短篇小说集《花儿与手枪》、诗集《手艺坊》《大师出没的地方》《蚯蚓之舞》、散文随笔集《纹道》《花蕊中的古驿》《民族花灿》及批评札记《字篓里的词屑》等二十余部。编剧有三十集电视连续剧《滚滚血脉》。《大师出没的地方》获成都 20 年（1980—2000）诗歌奖，《花蕊中的古驿》获 2004 年度（第十七届）全国城市出版社优秀图书奖二等奖，诗歌《房子是这样建成的》获成都市人民政府第六届金芙蓉文学奖，《天下客家》获成都市第六届“五个一工程”奖一等奖。

花楸三行

是明前上的山，都下山一万年了
长在舌尖上的一芽茶
味没谢，楸未秋，眉清目秀

谒茶，或骑龙记

千年贡茶，锁在花楸山的圃中；而
圃，在接近山顶的地方，被云雾这个山大王
摁下了皇宫的锁环。从汽车左侧
向天空走去的途中，酥软的幸福：
生命、自然，甚或一宗野合的模糊回忆
自脚尖袅袅升起。但我绝没想到，即使
即使这一小块青苔的微词
也会在纹丝不动的午眠中，瞅准践踏者重心
完成有力一击！十几年的平步青云
被这个沉重的跌倒，摔出一个漂亮但
呈疼痛状的逗号。再一次
令我失语的是，我趴在地上搂着的
居然是巨大的龙身！我是谁？十几年不摔一跤的
俗子，摔一跤，也摔于龙身——难道
用“下”的方式，完成了“上”？这会儿
对着一幅照片，我决定这样描述：
一行二十余人，从这条花楸龙身上走下
莫非是那位皇墙根来的诗人兼摄影家
他把皇帝的印章戳在面前，让
大伙儿突然止步，就那么站着，卡在
龙鳞、茶芽、小安，或另一个未知的副词中
——照片下沿线：平安夜正唱着《圣经》的祝词

宋光明

宋光明，1963 年 5 月生。系四川省作家协会、中国金融作家协会、中国农业银行作家协会会员，国家二级作家职称，德阳市作家协会副主席，《德阳文学》主编。1982 年开始发表文学作品，作品散见于《金融时报》《星星》《青年文学》《中国诗歌》《四川文学》《作品》《草堂》等。出版有诗集《五月的乡村》《梦鸟之羽》《罗纹江之吟》《渐行渐远》《一些春天总要作别》及散文集《温暖的日子》。

在平乐古镇

古韵从掩映为景观的翠竹
修长过来。乡音厚重
于街面和琳琅满目的店铺
没有骡马，也未见石板路上
清晰蹄痕。我相信
两千年前，初成的西汉集市
情景也是如此

岁月的商埠。平乐，升起过
南方丝绸之路和茶马古道，又
悄悄隐匿。像日出日落，更像
白沫江水，流来又流走

唯有烟火连绵的勤劳善良和
情操气节，一直在这里
负重前行

步洪渊诗之堤

白沫江一位少年曾经的脚步
烈日下，接踵为诗之堤
你若在每一个拐弯处
焕发的仅仅是意象，你就听不到
北方，经年霜雪啃噬岁月的
撕裂声，在波涛深处
挣扎着浮出的情操

所有曼妙诗意都是少年
营造的青云，在梦里无数次
他将白沫江升腾为苍龙和
两岸盛装、富庶与安乐
以固执他的固执，清高他的清高

今天，走在他走过的短暂
到漫长的每一步，你应该明白
要么，正踩着他坚硬的脊梁
要么，就领略他高尚又谦卑的
坚守的一生

三 弗

三弗，本名张天国，中国作家协会会员、鲁院作家高研班学员、重庆新诗学会副会长。曾获“银河之星”诗歌年度奖等。

在花楸山，与日月同辉

花楸山的清晨，跟我一起醒来
抬头，朝阳东升，明月西落
我并立一棵树，与日月同辉

蔚蓝的悬崖上，日月高悬
花楸山率领一株草、一棵树，和我
头戴雨露，朝天膜拜
万里蓝空，胸前的两枚勋章
照耀着千万生灵
起得早，我有辽阔高深的仰望

花蕊和我一夜闭关
醒来看到的，不仅是万物蓬勃
还有尘世里，阴暗潮湿的部分
我把影子挪到空白处
让光芒斜射，照耀

在李家大院怀旧

来到花楸山，两百年前巧遇李洪楷
在竹林深处，率众采茶制茶，砍竹造纸
在佛爷晒肚的穴位上，开挖地基
带领 149 间清代古民居，驻扎花楸山

路过他在川南修的桥、铺的路
所有的坎坷都如履平地。正六品官衔
和“皇恩宠赐”金字御匾上的时间，已经龟裂
乐善好施的表情，在子孙的脸上传承了两百年
那时，我的祖先在此歇过脚，喝过茶
犹如今天我的到来

青瓦下木墙上的堂屋大门，嘶哑地讲述着过往
神龛上的牌位，福禄寿喜的动物木雕
恒守着竹林深处的平静
八仙过海和寿星跨鹤图旁边，悬挂的家训
像楷书，站立得方方正正
与我父辈的口训平仄一致，字正腔圆

雕花窗里的雕花床，鸳鸯戏水和喜鹊登枝
始终保持着幸福的姿势。进出的李家人
都有着丰盈的幸福

而我羡慕的目光里，装满了纤瘦的心思

在百鸟婉转的大清早
要么伐竹、采茶、驮马往返的茶马古道
都是风雨清洗过的
金灿灿的希望比路更长。他们
披蓑衣、戴斗笠，或牵牛穿过林风
秧苗，在阳光里抽穗扬花
立在墙根的拌桶和竹席
路过谷堆的时间，粒粒饱满金黄
而我，只能携带干瘪的荒月
在自己繁衍的时间里，抚平皱褶

院子里的空背篓，装满了
鲜蘑菇、嫩猪草和赶场的山货
压弯腰的落日，在竹林里等候初月
夜归人身披月辉，在青石上踩下凹槽
脚窝里，还回荡着山歌野调
半句落在屋檐下
所有的时间都开了花，结了果

竹椅上的老人，有的在喝茶，品咂阳光
有的在捆扎刷把，他们说一日三餐都要刷洗
要不然铁锅翻煮的时间，也会生锈

小媳妇在屋檐下淘菜
青苔爬上石水缸的边沿

水缸里的倒影，笑得很丰满
谁也不知道，她们还将孕育大院多少年

告别院子，大门框住的青山连绵起伏
在如此辽阔的时间里，我感到自己如此短暂
忽有蜂群飞回，在蜂箱的进出口
有蜜汩汩而出

谭宁君

谭宁君，重庆开州人，居成都。中国作家协会会员，成都市作家协会全委会委员，新都区文联副主席、作家协会主席，成都时代职工文学创作院副院长，《桂湖文艺》执行主编。著有《梦想与土地之间》《守望乡愁》《月临西窗》《无悔之旅》《被香沐浴的土地》《苍生厚土》等多部诗文集。

花楸山茶园

千层茶垄向天际一笔笔皴染
皴染出茶乡生活向上的阶梯
千年茶树，一叶叶裁出新笺
裁出，心尖里千年不渝的
一滴珠翠，静待
那只玉手摘取

只此青绿，只此纯净
花楸山上，一抹云岚勾画
烟熏妆，娇艳了长空
烟霞深处，竹上别有洞天

御茶园品新茶

琴声翻卷起白沫渌水
意韵滔滔成扬子江了
女主人纤手自带松风
煎一盏春天沸腾诗情

长袖拂过，雀舌啁啾碧螺炫舞
刹那间，骤雨入壶，白云满碗
素瓷在手，静影沉璧
一口气，吹去三千里浮华

流华净骨，疏沦涤心
尘心洗尽诗兴涌起，吟诵的冲动
激发了每一粒味蕾。诗人们
口含春山茶树，舌尖新芽纷发

显然，陆羽的《茶经》该加新辞条了
得识故旧，果然要来文君故里
诗要浪漫，必须一品花楸新茗
花楸山茶，滋养诗心

王国平

王国平，出生于1976年，四川省江油市人。现系中国作家协会会员、中国诗歌学会理事、四川省作家协会全委会委员、四川省诗歌学会副会长、成都市作家协会副主席、都江堰市作家协会名誉主席、都江堰市知联会会长。著有作品十余部。其中《南怀瑾的最后100天》连续五周蝉联当当网全国销量冠军，荣登北京书市榜首，被评为“全国十大优秀畅销书”。作品曾入选多种选本、高中《语文》教材及“5·12”大地震诗歌纪念墙。曾获全国“阅读学习成才职工”称号、四川省“五个一工程”奖、四川文学奖、四川省人民政府社科奖、金芙蓉文学奖等。

在花楸山看茶树发芽

春天大摇大摆地上山
就像一位中第的士子般傲娇
它用一只手指点千山万壑的绿
而用另一只手
写一路溃不成军的诗

那些凸凹不平的韵脚
落在山下便成了桑眉
落在山腰就成了茶心

而落在山巅的，则成了赶路的雨水
一滴水指引着一江水狂奔
就像一棵茶树率领着一万棵茶树漫游
被时光摩挲的杯子空空荡荡
只有铺天盖地的香气
被敬丹樱和钟渔优雅而放肆的笑声
荡开又合拢，犹如路边的那些花
被大窗收割了，又偷偷地开

呵，那些献给春天的诗
被熊游坤的枕边风一吹，就落到了人间

王 淋

王淋，重庆出版集团主任记者。重庆市作家协会会员、中国诗歌学会理事、重庆新诗学会副会长兼秘书长、《银河系》诗刊编辑。

黑 茶

在所有的贡茶里
能够使康熙龙颜大悦的
只有黑茶

这邛崃山脉的土著，一身油绿
占据了无数的山峦，以至于
这里的春天浓得发黑

阳光、雨露、云雾、厚土
无霜期不离不弃，每一片茶叶
都被喂养得肥肥嫩嫩，香气馥郁

采摘、杀青、揉捻、压制
火番饼是先民对生活的认知
贮藏了整条山脉的气息

马帮来了，走了，马蹄踏过许多朝代
往西，是高原；往南，是雨林
往北，是平川；往东，是大海

一片茶叶，是一幅缩小的地图
跟着叶脉走，就能走出困厄
找到富庶

还未远行的茶砖垒起来，垒出
一座城池，使得千年以后的临邛
大街小巷还飘荡着茶香

现在，友情提示一下
千万别被它的肤色迷惑
只要遇上沸水，它就会露出娇羞之色

吴少东

吴少东，中国作家协会会员。作品散见于《诗刊》《人民文学》《十月》《中国作家》等大型文学刊物，入选《新中国70年优秀文学作品文库·诗歌卷》《中外现代诗歌精选》《新世纪中国诗选》《百年新诗精选》等选本，曾获2015年“中国实力诗人奖”、中国2018年度十佳诗人奖、《现代青年》杂志社“2018年度最佳诗人”等多项诗歌奖，多首诗被译成英、法、韩、西班牙等语言输出到国外交流或谱曲传唱。

花楸三行

花楸树点亮一千年的红灯笼
花楸山的古朴香气高远
一杯新茶浮动成都西南

竹上花楸 · 御茶坊品茗谈诗现场

王国庆

王国庆，笔名梦漪，网名一帘幽梦，四川省成都市邛崃市人。下岗女工，70后诗歌写作者。

在三月起飞

一座白房子
微微，向天空倾斜
带着花楸山，就要起飞

三月，写好
一部关于临邛的神话
在春风里展开

茶香氤氲
阳光喧哗，鸟鸣翠绿
油菜花铺开金黄
竹海卷起绿浪

一群人，用长句短句
修筑好，通往春天的路

在花楸山认养一芽春天

去年留在花楸山的脚印
悄悄告诉我
今年来了好多，山上的小路
都装不下了

那些古茶树
都有了爹妈，以后
风雨都有人遮挡

我的诗歌萌蘖了
赶紧再上趟花楸山
认下一芽春天，把它
寄养在那棵千年古茶树上

等你有空到邛崃
泡一壶花楸御茶，纵论
天下、古今

王 勤

王勤，1965 年出生在四川省邛崃市，四川省作家协会会员、邛崃市作家协会理事。1992 年发表处女作，至今在国内多家刊物发表小说、诗歌、散文、报告文学作品若干，出版散文集《花间一壶酒》。

三月三，在花楸山吃茶

一

这时，就不要翻书了
泡一杯带露的雀舌
合上书，静听
茶香飘浮的声响
如看苍狗岁月的沉沉浮浮
如听那捡拾不起，又无法串联的
一颗颗跌落山谷中
清清脆脆的鸟鸣

上了花楸山
你不用那么忧郁、伤感
一抬腿，一拧腰
打一路陈式太极

再画一幅某某山居图
还可在悬崖上放一张古琴
挑动高山，拨弄流水
或者，闭目冥想
你会发现，在花楸山吃茶
你一半是人，一半是仙

二

最好，学学花楸山的茶
做一位痴情的女子
与竹为邻，和山溪相伴
在露珠上打盹
在露珠上守望
用纯洁的晨雾洗脸、沐浴

体香，是它留给你的记忆
它一直在山上等你
等着你由远而近的脚步
踩响沉睡了一冬的山谷
它一直相信，你会上山的
就像月亮必定爬到树梢
就像月亮必定掉进水里
它相信，你就是它的真命天子
是它渴望着的上好的茶具
“爱我，你就泡我。”

三

无论是春日还是秋夜
你可以约三五酒友
最好有男有女
无视崃岭浩荡的山风
当着夕阳的面，做个粗俗之人
端着酒碗，讲一堆废话
不用顾及谁的面子
也不必在意，什么时候朝阳起
什么时候夕阳落

你大可站在山顶之上
抖开嗓门一声长啸
吼得群山回响
吼出盘古开天辟地的动静
吐出凡尘中积郁已久的
满腔浊气，只是
要注意吐气的角度与方式
别污了花楸山
与世隔绝的纯洁
和蓬莱胜境般的仙灵之气

“诗歌点亮乡村”诗歌论坛现场

席永君

席永君，1963 年 8 月生于四川省邛崃市，现居成都。诗人、作家，1980 年开始写作。历任《成都晚报》副刊编辑，《门里东方文化》杂志总编辑，《门里家居》杂志总编辑，《田园》杂志总编辑，《火车》杂志执行主编，《文旅》杂志执行主编，《艺术村》MOOK 创办人、主编。作品收入数十种选本。诗作被译成英、法、挪威等多种语言，在海外发表、朗诵。著有诗集《中国的风水》《下午的瓷》《春天的木牛流马》等多部。主编《诗歌档案》《门里诗丛》《门里·老成都书系》《在爆炸的星空下：成都诗选》《巴蜀先锋文库》《中国·羌》等文学丛书多卷。

花楸山：对茶的冥想

1

花楸山，又名国饮山
老川茶始终是花楸山的主角
花楸树次之，甘当配角

2

在花楸山

将一片茶叶放大
就是一张中国地图

3

天下茶山皆有魔法
每年三月，去花楸山访茶
我都会变成一棵移动的茶树

4

为野蛮张目的弱者
需要一杯茶来修正

5

最奢侈的往往是免费的
比如花楸山的清风
明月，比如花楸山的
空气、阳光和雨水

6

行走在花楸山，你问我：
“这些茶树怎么这么矮小？”
我说：“这是小叶种
每一棵树龄都有 108 岁！”

7

茶在沸水中涅槃
是茶叶返回茶树
返回山间的呓语和祈求

8

去年的鸟儿又回到花楸山
被唤醒的茶芽噘着嘴
茶人把它们模仿鸟儿的样子
亲切地称为“雀舌”

9

什么样的幽灵
才会在花楸山游荡

10

春天，在花楸山
不谈文学哲学
在花楸树下喝茶
才是正儿八经的事

11

清晨，我在“圃”字上打坐
一阵鸟鸣为我起卦：
“鸿渐于陆，其羽可用为仪。”
当我抬头，陆羽手握《茶经》
从更南的南方翩然而至

12

水是茶的三八节
在水中，茶叶自由舒展
它曼妙的身姿

13

爱茶者在花楸山
邂逅了一场春雨

14

花楸山的三重空间——
茶园、民宿、乌托邦

15

在平乐，一场雨下在花楸山
另一场雨下在川西竹海

16

生活中，与自己
擦肩而过的人
终于在花楸山的
一杯茶中，与自己相遇

17

在花楸山，谈茶色变的人
想起了自己的初恋

18

三月，我在花楸山
御茶园品茶，隔空传来
陆鸿渐的赞美：“好茶！”
千年前的声音
比《茶经》还空灵

19

杯中有水
水中有茶
泽中有雷

20

仙女是朴素的，白天
她们化身采茶女
晚上就住在花楸山的茶树下

21

长眠于茶山的人有福了
风，吹拂着茶叶
也吹拂着墓地的青草
春天，爱茶者去茶山访茶
也同时看望了你们

22

他的一生多么无趣
一次次和好茶
失之交臂。我说：花楸山
能弥补你的遗憾

23

是水解除了茶叶的枷锁
让茶叶的身心得以释放

24

在花楸山，休去想
茶是淳朴的原住民
还是移民的后裔
此刻，它是我味觉的原乡
让我迷失于一杯茶中

25

会品茶是一种天赋
不会品茶也是一种天赋

26

喝茶是我每日的功课
倒映在茶杯里的
有蒙顶山、黑苞山
还有花楸山

27

惊蛰，一阵隐隐的雷声
从花楸山方向传来
不，那是秦国人的金戈铁马
骁勇的秦兵第一次
把茶叶带出了四川盆地

28

尚未命名的风，一个字、一个字
吹走了“日日是好日”
一杯茶，及时安慰了我
让我铭记黑苞山、蒙顶山
以及故乡的南宝山、花楸山

29

通往花楸山的路，也是通往
星辰的路，穿过因果的迷宫
我的肉身借助茶叶的翅膀
恍惚中抵达最后的故乡

向以鲜

向以鲜，诗人、随笔作家、四川大学教授。著有学术专著《超越江湖的诗人》《迷宫与玄珠》《盛世的侧影：杜甫评传》《中国石刻艺术编年史》、诗集“我的三部曲”“旋律三部曲”及长篇历史剧《花木兰传奇》等。

李家大院的杏花

红砂岩石板下面的根茎
一直伸向万历的阴谋
武陵山水和逃亡的
春天

树干及枝条虽然遒劲
并不显得多么苍老
灿若云霞的耳语
李洪楷啊

以竹子造纸，以气候种茶
以嫡传的江南血脉
饲养白银、黑夜
和临邛道骨

真想尝一尝咸丰种下的红杏
比政治苦，还是
比商业
甜

熊　焱

熊焱，1980年生，贵州瓮安人，现居成都。成都市作家协会主席、《青年作家》《草堂》诗刊执行主编。曾获华文青年诗人奖、陈子昂诗歌奖青年诗人奖、艾青诗歌奖、四川文学奖、《黄河》《飞天》《诗潮》年度文学奖等各种奖项。著有诗集《爱无尽》《闪电的回音》《时间终于让我明白》、长篇小说《血路》《白水谣》。

在竹上花楸午读

临窗读书，如同在云上眺望渺渺星河
句子里掠过耀眼的闪电
纸张的背后全是雷霆的回音

群山绵延，寂静的坡岭正在收纳着
渐渐下沉的夕光。就像书读到动情时
停下来掩卷长思，心里落满生动的字迹
这样的时刻，是风匍匐于茶园
枝头的嫩芽，将在沸水中找到生活的真理
是飞鸟越过山巅，回荡在树梢的鸣叫
一滴滴如露水，接近于星辰的晶莹

陪着我的，是一盏邛茶和窗下的虫吟

当我起身往水壶烧水，我指尖上文字的热
高于壶中滚烫的水温。我突然理解了
活着，是灵魂不断加热的过程
就像我理解了窗外层叠的群山
恰如我手中的书卷。大地草木蓬勃
命运阴晴圆缺。而深邃的天空仿佛大海的倒影

花楸山上听鸟鸣

我独自穿过山间缤纷的鸟鸣
那是琴声合唱，从音符中织成倾泻的雨帘
天空寂静，群山旖旎
整个世界都是湿漉漉的梦境
远处布谷轻啼，在山巅的竹梢上
我辨识出这种声音，仿佛是乡音的指正
一种血脉深处的轰鸣。恰如我从人世的喧嚣中
找到自己的回音

熊游坤

熊游坤，男，影视编剧。中国作家协会会员、四川省诗歌学会副会长兼秘书长、《四川诗人》杂志社主编。著作《永远的女人》被改变为电视剧，在中央电视台及各卫视播出。由中国文联出版社出版《流动的岁月》《鸟鸣村庄》及中国电影出版社出版影视文学《土声》《双河镇旧事》等八部书籍。诗歌作品见于《人民文学》《诗刊》《星星》《扬子江》等国内外百余种刊物。

茶花辞（组诗）

邛　崃

邛崃二字，原是木本的
周围很多水，绕万年，万年绕

很多的山一直在说话
那么多人来过，又消失
消失，又来到
比如现在，比如你我，和这夜色

春　茶

我不再苛求安慰
除了茶香，召唤我的，还有诵经的风

我借机采撷
晾晒在阳光的内心
春天被留住
我一次次得到馈赠，却从未致谢

花楸山

为这三个字，我找来县志
那是怎样一个人
为它起了这个名字

这个人和我，定有三生的缘分
当自恃的花朵，遇到木质的香味
世事开始透明
也就有了归隐的心

花楸民宿

陌生的风，招来更多的云雾
触手可及的茶园
灰雀在落地窗前停留

我爱上的那种树，在竹上花楸
半山坐落的民居

春茶遇到泉水

即使为泉，也这样辽阔
更有茶树无数的影子，在更深处

春光缠绕山梁，不醉不诗人
感谢自己，在此去的几十年里
沉迷时可以及时，抬头

茶树种在天空
抬头可见，落地玻璃窗，让我无处隐形

为首批花楸山驻村诗人颁证

辛 夷

辛夷，本名李春苹。四川省诗歌学会会员、《秦风诗简》主编。获第八届中国作家剑门关文学奖。

花楸山·茶

循着古镇的薄雾
在花楸山
在山顶上那棵古老的茶树下
与一盏寻常的盖碗茶
一下午就这么安静地坐着
不说话。只是呀
你并不知道，此时此刻
你低垂的发髻
月牙白配水绿的汉衫褶裙
多像那古时的一幅画

竹海·紫竹

“郎骑竹马来，绕床弄青梅”
那时还是小时候

从村里的幺店子出来
左手提着文君酒
右手拿着茉莉花茶
沿着村里的小河
缓着步子向家里走去
竹林下的茅屋有昏黄的微光
那个时候，我不知道能不能
遇见你
在路上我抬头看天上的星星
不知你是否会在这个瞬间
同时也看见了
就像今天，在竹海
我们同时看见一棵
紫竹

向丽琴

向丽琴，四川省邛崃市人。成都朗诵艺术家协会会员、成都阅读协会副秘书长、四川诗歌学会会员。

清晨，竹上花楸暮思归

当春天的旗帜在山间摇曳
花楸山的呼唤一遍又一遍
在清晨的花楸山自然醒来
心中涌起阵阵幸福的波澜

小小的胸膛，静静的暮思归
快要盛不下满怀的喜悦和感动
也许，是深度的睡眠
被那道温暖、明亮又高贵的光照耀
幸福的感觉毫无征兆地降临，如此突然

善解人意的姐姐，听闻
心领神会，赶紧起身推开窗户
让花楸山清晨最新鲜的空气进来
稀释饱满得正溢出胸膛的幸福与感动

此生，能有所爱与被爱

有所思念与被思念，有如此轻灵的感悟
夫复何求
就让那一束温暖、明亮又高贵的光
继续照耀为爱与美而存在的每一个生命

注：暮思归，竹上花楸民宿客房名称。

许晓敏

许晓敏，四川省邛崃市人，香港都会大学创意写作硕士。曾获“世纪金榜杯”青春文学征文比赛中篇小说二等奖、香港城市文学奖小说组推荐奖。2022 年入选第一届四川青年小说家星火培养计划，作品见于《四川文学》《青年作家》《四川诗歌》《微型小说选刊》等文学期刊。

楸山梦

花楸山上有一扇木门
门内有人为你点了春灯
融洽的女子，倚着风尘细语
当游鱼击水而来，门外的谁
忆及茶壶晕开的苍碧昏蒙
口干舌燥的看客，横穿暴雨
倾盆而入，只做了一个
平滑无迹的甜梦

春虫夜鸣，将点碎水塘藤黄的涡旋
花嗅到，素洁的垂杨柳和轻薄的汗
面颊绮丽，向最深处再走几步
一扇门，不会永远属于你
你以未来的启示做下酒菜

换友人悬空的醉眼
你还想说美和不足
但不是现在，那残余的意志
焚琴煮鹤，浓缩最后一滴
自然乌黑的血，隐入
孤山远影
你只是每一分钟的看客

你相信所有美好的遭遇
都只是你头脑中盆景的一小部分
竭力地开出一瓣艳丽的桃花
就像你在城市中找清洁的绿
又在清洁的绿中找别的颜色
你的贪婪，是宇宙之欲

耳聪目明的武陵人（看客？）
你叩拜神明，面目慈善，却发现
自己是此地唯一的异象
如果万物有形而你无形
我从人们的对话中捏造你
怜悯一个植物本能的断弦
我问你，折一桃枝
你是否能找回英勇的节拍
鼓盆而歌，向我泄露一点天机

只有这样，在花楸山
你才会看到，以四季的惊鸿之貌

你将不是第一个获知陆地尖锐的人
和淡墨的雾，重造脚下休眠的丘山
深埋百里月色，磷光闪闪
你像吃着炒冰一样吃着月光
在千尺腾空的梦中
谁会是你曲高和寡之后，替死的羔羊
我们始终不是豪情的近义词
你可明了？两袖清风
一起加入果敢的蛙鸣

首届邛崃花楸山国际乡村诗歌节诗人（部分）合影

杨 然

杨然，男，1958 年生于成都，当知青，做教师，扎根四川乡间。成都《芙蓉锦江》诗刊主编。作品两千余部散见海内外五百多家书报刊。著有《黑土地》《遥远的约会》《寻找一座铜像》《雪声》《千年之后》《麦色青青》《在春天我把眼睛画在风筝上》《那片星座就要升起》《回澜之诗》《中外现代诗名家集萃·杨然短诗选（中英文对照）》等诗集。

美，在竹上花楸无处不在（组诗）

呓语，或花楸山茶意

茶的奥秘
是两个汉字之间的事情
我不需要懂得更多
但必须学会欣赏

就像从苡到茨
是两种有草有人的植物
但它们都不是茶
我知道的真相
是那两个汉字
在浸润肺腑之间实现平衡

当我自“天下第一圃”归来
就明白了一些人情世故
所以选择了淡泊

茶在造梦和释梦之间弥漫徘徊
用了更安静也更变幻的手段
我终于明白
那两个貌似姐妹的汉字
虽然都皈依了同一个象形
其实是两条鱼的两个极端
来自两个背景不同的渊源
它们可以与茶为友
但一不小心
也可能与茶为敌

就像杯与壶
茶水与温火的关系
茶在花楸山的雨露不可能生在别处
如同根与叶早就已经生恒
茶，也有草，有木，更有人
这使它与其他汉字有了区别
就算有些偏旁架构可以相仿
甚至笔画和声形都完全相同
但一不小心，就写死了
而茶是活的，它是活的
你在杯里杯外都可以对它抒情

我记得有一个冉义朋友与它有缘
我曾在凤凰大道跟喻先生握手
另一个生在冉义的朋友去了远方
把诗写得又高又深
对茶的信仰转换为精神的渊博
早已超越了几个汉字的界定
他走了出去，融入风中
令我们的粗茶淡饭望尘莫及

今夜，我在花楸山品茶
品一杯早春的新茶
在这方面，我知道自己阅历肤浅
但对茶静观论道
还是有一点入门体验的
经历过一些微观的细节
所以至今，一直保护着
那些幽敏能动的渺小味蕾
如梦醒来，许多舌尖外的意境
都妙不可言……

我在花楸山为春茶折腰

前面就是龙抬头的日子
我决定上山去为春茶折腰

我要上的是花楸山
低下高傲的诗人头颅

为美而来，因美陶醉
必须经历一段幽雅的路程

王者已归，王者已隐居在此
我说的是那棵古老的茶树
它指着漫山遍野翡翠的闪耀
风铃耳语，那是我们的血脉

清澈玉液浸染尽悠悠香魂
润透肺腑，就像诗情握住风景
这是大山经络隐藏的芬芳秘密
浓缩于春芽，让精华沉淀

要相信龙脉山水、天空眼泪
要相信土壤、雨露和草木因果
并不是随便哪一座山都蓬勃春茶
就像杯壶，都要讲究冲泡的水质

纤纤那些采摘的手，美丽的手
纤纤那些纯粹、鲜嫩与高洁
一层层画卷望过去，望过去
茶园已经挽留了许多变幻的春色

我来到神奇的花楸山上
如情似梦，为春茶写诗

美，在竹上花楸无处不在

有什么样的人
就有什么样的美
美，在竹上花楸无处不在

石阶是如此干净
脚印，真的是一尘不染
轻轻地，走在茶园的小径
真的是在与幽远亲近
美，在这里成为通感
它既是主人，又是宾客

我细细品味着这里的一切
茶，将把整个精华带出大山
它浓缩了山的魂魄元气
仿佛在说：在这里
美是如此常态，如此普及
那么，诗歌更可以畅通无阻

美在竹上花楸无处不在
美在巨大的茶园之山
美在不起眼的小地方之微
美在二楼平台的诗歌论坛
大家因茶围坐，谈吐芬芳
诗歌的芬芳，已和青山融为一体

诗人相约，没有座次困扰
春天的随缘有了诗歌的味道
茶的味道、画的味道
音乐的味道、美的味道
美在竹上花楸的所有细节

美在木凳、木桌、木椅
楼梯边、拐弯处那些摆设
那些小玩意，充满山的灵气
美在根雕、木刻、竹编小品
装点了如琴如船那些房舍
当我放眼一幅巨大玻窗美景
满目青翠意气，陡然浸透了全身

美在墙角，美在盆景
我，真的是开了眼界
美在盛装杂酱面的海碗
浑圆，如景泰蓝之宽阔
何其雍容，因而海纳百川
原来早餐，也是和美学分不开的

美在房间的泥塑、插花
以其最稚拙的意念
涵盖大山魅力的深远
如叶，如花，如枝杈
最主要的是，如隐身奥秘的春茶

我告诉画家黄仲金
我真的喜欢这里的优雅

比如榻榻米小桌面之辉映
比如洗手间之帘布屏风
上面飘动两个雪娃娃笑脸
囊括尽了所有文明隐秘的提示
摆放手纸的港湾设计成一方平台
可以停泊繁忙的手机
这是星级宾馆也没有想到的绝招
仅仅一个小小的创意
就折射出雷霞她们绮丽的细心

美在露台、阶沿、栅栏布局
美在水壶、门闩、标牌巧设
美在树上、树下、路边
美在边边角角坑坑沿沿
美在我经过的所有地方

美在头上，美在脚下
美在层层茶园条条小路
茶叶焕发出古老的年轻
美是树叶悬挂的一首首诗
都是写花楸茶的
还有许多茶树被诗人认养
山就更美了

有什么样美的人
就有什么样的美的世界
美，在竹上花楸无处不在

杨献平

杨献平，曾在巴丹吉林沙漠从军十八年。中国作家协会会员。作品见于《人民文学》《中国作家》《北京文学》《天涯》等刊。曾获全国第三届冰心散文奖单篇作品奖、首届三毛散文奖一等奖、全军文艺优秀作品奖、在场主义散文奖、四川文学奖等数十项。已出版的主要作品有长篇文本《梦想的边疆——隋唐五代丝绸之路》、长篇小说《匈奴帝国》、散文集《沙漠之书》《沙漠里的细水微光》《生死故乡》《作为故乡的南太行》《历史的乡愁》《自然村列记》《河西走廊北 151 公里》，以及诗集《命中》等。

花楸山上

玫瑰此时关门谢客，为过去一场冷
与满山茶叶，围坐内心
壁炉一定是落叶、风中的鸟鸣
朝阳与旭日
我和这山、竹林、菖蒲、青石上的苔藓
在春天乍然相见
原来都是爱的，庭院中的细沙
碎石、屋后的石阶
向上和向下的，众人和我，心怀情义
受限于 2023 年春天的花楸山

花楸山之晨

请呼喝一声，没有回音是最好的自度
和他度。于花楸山上
整个自然庞大，李花默然密集
新芽冬青，叛逃了的群草
我在茶树边叹息：那红的照耀
万物惊醒。那绿的展开
令我在乡野腹部，谛听到天庭的晴雨落花

院外的桂花树

醒来我有一次觉得
夜晚庞大，令许多过去的夜晚兀自惊讶
咿，桂花树又出新芽
新芽正在渴望露珠，哦，这是花楸山
邛崃山脉骨节迷离处
几株桂花树蓦然勃发
嫩黄的黄，带着春天的獠牙

杨 虎

杨虎，中国作家协会会员、巴金文学院和成都文学院签约作家、成都市人民政府参事、成都市作家协会副秘书长、崇州市作家协会主席。主要作品有中短篇小说集《晚唱》、长篇散文《西蜀寻隐》、散文集《庄稼跟我回家》、长篇报告文学《中国有个战旗村》等。

绿

康熙把他的几个字
刻进石头里
然而漫山遍野的竹林
在春风里一展腰
就高过了帝王的赞许

从没有见过这么多的绿
石缝里、山梁上
飘满落花的溪涧旁
一笼笼，如慈母抱子
一棵棵，却从根须的箍笼里挣脱出来
朝白云招手

霜风吹疼岩石的夜晚

沉重的雪折断了许多轻盈的腰身
有一杆青翠，在悬崖边纵身一跃
绿梢轻轻一摆
就从云海里钻出了一缕霞光

喻 言

喻言，1967年出生于重庆，1988年毕业于西南师范大学中文系，现居北京、成都。1985年开始在《星星》《萌芽》《一行》等刊物发表诗歌作品。20世纪90年代初搁笔。2014年恢复写作，相继在《人民文学》《十月》《花城》《钟山》《作家》等文学刊物发表诗歌作品数百首。作品入选上百中外选本，出版个人诗集《批评与自我批评》《我曾为世界彻夜不眠》。曾获第四届剑桥大学“银柳叶诗歌奖”、首届草堂诗歌奖“年度实力诗人奖”、2016年“年度诗人”等荣誉。

戏题花楸山春游十四行

成都向西，群山如齿
花楸山是一颗小虎牙
牙缝间漏出一绺风月
嶂峦叠翠，云烟轻笼
上有神仙居所
佳人临水而坐
新春嫩芽间，皓腕轻拨
一曲古韵悠扬
世间烦恼事皆随山风尽散
文君尚未新寡
空怀一颗私奔的心

一车的司马相如
装满半个宇宙的才情
全都注入一壶村酒

羽 童

羽童，原名黄薇，四川省崇州市人，现居攀枝花。四川省作家协会会员、攀枝花市作家协会副主席、攀枝花市文艺评论家协会副主席、攀枝花市委宣传部首批专家库成员、攀枝花市历届学术与技术带头人。著有散文集《梦着的蝴蝶》《散文中国第五卷：七个人，七种散文》（合著）、诗集《水边书》、长篇散文《县联社》等，作品入选国内多种选本。

早安，花楸山

早安，花楸山
大地涌动着茶香
露珠里的太阳清凉

早安，一场诗歌的盛会
掌声回荡在山谷
时间之手，还将越来越响

早安，雷霞女士
你仙鹤般的白棉袍真好看

早安，李家大院
从咸丰年间开过来的那株杏花
也好看

住在“竹香子”

带竹柄的钥匙，虚掩的柴门
宽大的民宿门，房间名叫“竹香子”
被微风吹醉的香草之气
仿佛唐诗、宋词、元曲的旧部
仿佛琵琶之声环佩叮叮当当

倚栏杆，过南窗，踩木栈道
风过竹梢，吹走三分薄愁、半分旧疾
和一屋子的青红故事，等天晴

山水迢迢，明月高悬
万物如鱼，在茶山辽阔如海的
慈悲里睡去

姚 辉

姚辉，1965 年 1 月生于贵州省仁怀市，现居仁怀。中国作家协会会员、贵州省作家协会副主席。出版诗集《两种男人的梦》（二人集）、《火焰中的时间》《苍茫的诺言》《我与哪个时代靠得更近》（中英对照）、《在春天之前》，散文诗集《对时间有所警觉》，小说集《走过无边的雨》等，部分作品被译成多种外国语言。

花楸山古茶

木本之雾　其根须
已徐徐延伸至宋代以前
彼时　采茶女细心从
枝丫上摘下几芽
宋体的字　她知道
正是这些字让古老的
渴望有了着落

茶是在什么时候
成为传说的？当山势
迅速向一棵埋头生长的茶
聚拢　种茶人必须
以雾的方式先行老去

他细数过茶树不敢忘记的风霜
一些星象被移入叶脉中
这一茬茶
能复制的远不止是
祖先的影子

据说此刻正是
仿宋体黄昏

屋里炒茶的女人
隔着门缝　又认出了
那缕适合杀青的雾

短　句

我想与这树茶
平分各种
值得延长的山色

钟 渔

钟渔，诗人、杂志主编、茶艺师。著有《时光停下来》等。作品散见各报刊，诗歌入选多种选本。曾获四川省首届“十大青年诗人”称号及鲁藜诗歌奖一等奖。

李家大院的杏花

城里有没有春风，不确定
李家大院肯定有

这里的春风吹，摇落
我们藏了一身的冬雪

“主啊！我们在这里，真好。”
围着一棵硕大的花树，每个人
回到了十八岁

抬头看花
花是镶嵌在四合院瓦蓝的天空上的

多么不可思议
墨绿色的村庄里
藏着这样美的一棵树

藏着这样大的一个家族

它们一起
在这里悄悄地、铺天盖地地
繁衍春天

被春天认养的一棵茶树

认养一棵茶树，就是每年
为花楸山
写三行情书，权当施肥
偶尔想念一下那个午后，便能
催生晨露

如果你跋涉千里
站在茶园中
它就会吐露蛰伏了一年的鸟语

如果你静默如山路
它的唇齿间
就会升起清新的绿色的朝阳

天下第一茶圃

我们坐在乾隆写下的词语里，等
路边的一树梨花绽放，等
五湖四海的乡音
彼此交换
阳光
和雨水的味道

茶树上绽放的新芽
肯定是你落在
这个春天的第一笔
赞美
即使它，无动于衷

我们如此喧嚣
走出去春风十里
才发现
花楸山
还是那么安于寂静

花楸民宿，在纸上写下

这是花楸山上的一滴露珠
别碰落它
否则，我们将无处栖身

避开高悬的酒令和拥抱
我，我们停在半空里

左边是崖
右边却有圣旨，豁免了我们的尘土飞扬

心思杂乱者，易坠入深渊
一心风中诵读的，烛火
站在高山之巅
完成了茶圃对日出的膜拜

回到前一个墨绿色的深夜
临渊而住的人们，把从山外带来的潮湿
拧成雨水，下到临窗的杯中
对饮彼此的寂静，在纸上写下
“我们度过水晶一样的时光”

周立荣

周立荣，作家、词作家。毕业于北京大学艺术系，现任宜昌市文联主席。发表文学作品四百万字，歌词两百余首，出版专著十一部。多次获得全国“五个一工程”奖、全国少数民族文学创作奖、“文华奖”“群星奖”、湖北省文化政府奖、湖北少数民族文学奖、屈原文艺创作奖等。多首歌词被收入大学音乐教材。

埋在生命里的……

埋在生命里的
不只有爱情
还有邛崃
和邛崃山顶上
抱着我灵牌的
那棵茶树

首届邛崃花楸山国际乡村诗歌节剪影

（左起：雷霞、康伟、朱晓剑）

左存文

左存文，甘肃省陇西县人，文学博士。西华大学教师、《零度诗刊》副主编。出版诗集《在陇西车站》《阿克赛钦的风》《四行之内》、长篇小说《归山》。

花楸山光影（组诗）

千年茶树

花楸山空阔再空阔
以至于没有适当的地方坐下来

如一棵茶树的挣扎，要脱离根
永久地，从幽暗之中飞升，飞升
它隐藏在地下的时辰，比千年更久

但一声鸟鸣，在清晨的薄雾中
让它平静下来，让它
复又蹲坐在村庄的西北

杏　花

赶在老家门前那棵杏树被砍掉之前

她托付南去的风吹得快些
过秦岭，子午道最为便捷
再快些，到邛崃就可以歇脚了
她把黄土的故事丢给满树枯枝
自己在一竿竹子上——
一枚花瓣，竹叶间晃了晃
像童年的姐姐，拍了拍我的肩膀

采茶人

说是山包转过了最后一个弯
说是李家大院迎来了第一位顾客
这个从肩上卸下背篓的老人
背负着一整座茶山

在另一个地方
一杯明前茶的工序
反复揉捏着他的手
反复从山那边
——返回到他的小院

别花楸山

一

竹林往上拐，除了茶树、油菜花
还有各种攀附的关系。多多指教

花楸山上黑刺李已经打开自己：
就是这么白。幸会幸会……

茶海旁边的松树是多余的
野花多余，鸢尾也多余
连它自身的嫩芽也多余（要被掐掉）
但多余的东西总显得浪漫
你看，茶树的实用主义转不过弯

二

那些灯光，隐没了咫尺的山脊线
被遮蔽的、被禁止的、被强调的……
突然想起，二战，阵列的士兵前
那个给枪管插上野雏菊的少女
她已经衰老，或者离世，不知道了

但眼前这些春芽，在等待一个孩子
采撷，并把它们一一摆放在——
那些枪口前倒下的，青年人的胸口

三

有诗人认养茶树，并献上句子三行
（它们比我祖先享受的时日更多）所以
作为尘世的漂泊者，只有故乡的杏树
认养了我。却没有乡亲把杏花制成茶

那么，转移到现场
一棵更肆意的杏树，花更饱满
茶汤冒着热气，人们还没有离开
诗意，往返于玻璃板的倒影

多不小心，往场外飘去——
山下塌陷的民房对应的诗意
是去年母亲种下的，在屋脊上发了芽
在屋脊上，长成青苔

周庆安

周庆安，笔名矮马。四川省雅安市作家协会会员、名山区作家协会副主席。有作品在《星星》《成都商报》《雅安日报》等省市报刊发表。

花楸山饮茶记

花楸山的茶，不必芽叶整齐
揉捻时，做茶的师傅都双手合十
那辆红色的奔驰也学会了这个动作
现在，花楸山和皇帝的影子
都被茶客捧在手中
山里的农夫，也能在袖珍的杯子里
找到历史上的大人物
沏茶的小妹，很有仪式感
白色的大厅衬托着她的面孔
我注意到，两只画眉
往她释放的春风中飞去
“天下第一圃”、康熙的御印还在
山下的毛竹也摇旗呐喊
兴趣不减的是
同志们，在桌前正襟危坐
偶尔，用手指在板面敲响几声

民宿建在花楸山顶
月光镂空得只剩下几块碎银
没有起风，四面的山谷
也缄默其口。喝茶，喝茶
人间尚且孤独，再来一杯花楸

周家琴

周家琴，女，汉族，四川省内江市人。四川省作家协会会员、鲁迅文学院西南地区第五期学员、现为《草地》杂志社编辑。先后在各级报刊发表数十万字的文学作品，有作品入选文集，出版诗集《卓玛吉的风铃》、散文集《山里风》。作品曾在阿来诗歌节等获奖。

乐善桥

是四川，是邛崃平乐古镇
是一座叫乐善的桥
是百姓七年采石，三年砌成
以十年漫长的光阴，砌垒的积善成德的桥
桥有七孔，桃形，有金龟石压风雨之势
红纱石铺就的石拱桥
记载着两千多年的岁月沧桑

我不是孤行者，八月的诗歌节飞花令诗人云集
商震从桥上走过
霍俊明从桥上走到
我和诗人茶心也从桥上走过

晨色微醺，背包旅人路过乐善桥
真正踩响乐善桥的，是挑着青脆李过桥的村夫

风轻拂，一缕凉意融进白沫江的低吟里
市井声与蝉鸣开始此起彼伏
静止的尖头船在江边有点羞涩的样子
是的，小喜欢这些朴素的事物

这是很多人都想去看看的乐善桥
是任洪渊先生笔下有着美丽曲线的乐善桥
也是平乐人心中一座温暖的丰碑
北漂一生，乐善桥成了他梦中的摇篮
平乐老街，犹如心中的斯卡布罗集市
百转千回的人生旅履
乐善桥成了最后的牵挂
叶落成土，落叶未必能归根
邛崃，举办首届“任洪渊诗歌节”盛典
纪念从故乡飞出去的卓绝诗人

我想，任老的诗歌开始飞花了
他的故乡平乐，诗歌的翅膀也开始了飞翔

张义先

张义先，女，又名老仙。现居成都。写诗，画画，民刊《理想》发起人。出版个人诗集《妇人手笔》《伊甸园日记》、水墨绘本《妖精妖怪》等。代表作品有《激情主义生活》《风声在后》《卷进漩涡的瘦子》等。

花楸时光

穿过密林，穿过竹子的光影
就是竹上花楸民宿了。在这里
时光慢下来

在露台，我们泡上一杯御品春竹，看日出
隐隐约约的高山水声和古琴声
穿过怒放在山涧蓝白相间的鸢尾花
时光慢下来

我们在现代建筑群的水池边
思考诗歌与人、人与自然的问题
在古村落清代房屋建筑群
徐家大院和李家大院漫步访古
在康熙御赐“天下第一圃”的御茶园里
与茶树合影

穿越前世今生，一不小心
蓦然回首已千年

我们在日落时分等待一场诗歌的盛宴
时光慢下来
透过餐厅的玻璃房看到的月亮
楠木枝头看到的月亮，池塘里的月亮
它们又圆又大
又妩媚，又皎洁，又朦胧
我们在星空酒廊举杯邀月
谈到理想和生活，时光慢下来

詹义君

詹义君，四川省邛崃市人。一个游走于乡村与城市边缘的农民，偶尔写几句分行或者不分行的文字自娱。现为邛崃市作家协会主席、邛崃市临邛文化研究学会副会长。出版诗集《搭错车》《桃花错》。

花楸小语

月亮回到山中。你看，
月光那么美，多得吃不完。

竹林钻出夜幕，披衣打坐。群峰之上，
是童年的星辰。

在一个名叫竹上花楸的民宿，我们
煮茶，小酌，将“隐逸”这个词一再挪到嘴边。

不说归人，做一日山水间的过客也好。此刻，
世界澄明，我们包容下了天地——

允许栅栏外偷听的飞蛾捡了半截诗句，
就匆匆飞过鸢尾丛，学给流萤。

允许那个窗边望月的人更深不眠，藏起半生沧桑，
换回少年容颜。允许他
回返山外的尘世之前，把一颗心悄悄安放，
往后余生，良夜一直这么蓝。

下编　论坛

“诗歌点亮乡村”论坛综述

寇玉苹

2023 年 3 月 5 日上午，由四川省诗歌学会、成都市作家协会、邛崃市文联、平乐镇政府联合主办，由邛崃市作家协会、竹上花楸野奢艺术民宿承办的第一届邛崃花楸山国际乡村诗歌节——“诗歌点亮乡村”论坛（研讨会）在茶香四溢的竹上花楸举行。

初春的花楸山上清风和煦、茶香醉人。在这万物复苏的季节，悠然的诗歌“搭乘”着盎然的绿意，穿越茶山竹海，传遍邛崃的绿水青山。来自全国各地的数十位著名诗人、诗歌评论家、学者齐聚这里，开展“诗歌点亮乡村”研讨会，围绕“茶与诗”主题，探讨乡村诗歌创作，助力乡村振兴。

本次研讨会由诗人、三星堆文化专家陈修元主持。他说：“中国是茶的祖国，又是诗的国度。古代文人多好饮茶，所以诗词歌赋中有咏茶的，有以茶喻志的，有以茶抒情的。据统计，历代诗人创作了万余首茶诗。”

研讨会还特意邀请了新时期中国新诗重要流派——整体主义代表诗人、邛崃作家协会副主席席永君作“茶是花楸山诗歌之魂”主旨演讲。会上，席永君以“春天，你被川茶‘开光’了吗？”为题侃侃而谈：“茶对于我并非象外之象，言外之意，它是我人生中留白的部分，看似无用，实则暗含深意。在文化形态上，茶，既是方言，又是世界语。而在花楸山，全部的美好就在一杯茶里。‘开光’是我常用的一个词，我希望大家在花楸山被茶‘开光’后，再用自己开了光的笔，创作出更多给乡村赋能的好诗！”

研讨会上，四川省诗歌学会会长曹纪祖从历史上谈茶的渊源，讲到神农尝百草，以茶解毒，阐述了茶在中国历史上、文化上具有不可替代的作用。他说，这次在花楸山认领了一棵茶树，就好像认领了一个孩子，以后在花楸山就有了牵挂与期待。

来自山西、现就职于《山西文学》的张二棍说：“在这凡俗而庸碌的生活中，读诗与饮茶都可以静心、安神，甚至赋予我们以救赎与教义。所以，每一盏清茶也有着春天般温暖的语言，大地般厚重的语言。”

成都市作家协会主席熊焱谈到诗意的产生时说：“人在大地上劳作，却又在天空下进行精神的飞翔；人在筑造中栖居，却又通过心灵抵达思想。从某种程度而言，这便是诗意……心灵之大，无边无际；精神之广，无穷无尽。而要去除遮蔽，抵达心灵的澄明，诗歌则是一种有效、有力的途径。”

《星星》诗刊社副社长杨献平在发言中指出，文化的农耕时代已经礼崩乐坏。白居易、苏轼和陆游的时代已成过去。花楸山应该以茶为手段，发挥凝聚力、号召力，带领山区家庭走出贫困，进入小康。

西华大学文学与新闻传播学院副院长、硕士生导师王学东教授从对茶的感受谈乡村，提出“何处是家”的命题。杜甫漂泊，写下了“飘飘何所似，天地一沙鸥”的诗句。乡村对他而言，常常是虚无。茶是他者，乡村是他者，诗也是他者。正是所有的他者相遇，成为天人合一。费孝通的《乡土中国》给他的启示甚大。没有泥土气息，就没有流动，就没有所有的内在关系。怎样建立20世纪的乡村书写路径？在鲁迅的故乡那里，是批评的、启蒙的；在沈从文、汪曾祺那里，从人性的生活、神性的生活描述里，更多的是支离破碎的乡村。

来自德国的华人学者、翻译家、诗人、《欧华导报》文化版主编芮虎谈到了中国茶走向西方，以及如何对西方文化产生影响的故事。西方人在中国茶尚未传入之前，只有葡萄酒和啤酒。无论是13世纪波斯诗人的诗句“一杯酒、一块面包”，还是19世纪德国浪漫主义时期诗人荷尔德林的诗《面包与酒》，都与茶无关。中国茶与中国丝绸、中国瓷器随丝绸之路、茶马古道传入西方，带去的不仅仅是古罗马帝国和奥斯曼帝国王公贵族宫殿陈设、家用器物的奢华，更多的是与葡萄酒文化的交流和融合。

雅安市作家协会主席钟渔认为，邛茶与雅茶，都应该归属于一个茶系。自从公元前53年，吴理真在蒙顶山开启人工种植茶的历史，茶叶才走出中国。茶马古道的零起点应该是雅安和邛崃两地。茶应该有文化灵魂。白居易诗云“琴里知闻唯渌水，茶中故旧是蒙山”，花楸山的茶也需名人加持。《草堂》诗刊编辑部主任桑眉说，她在一杯茶里看到了大海，看久一点，一颗颗星星就出现了。

来自北京的诗人——中国报纸副刊研究会副会长、《中国艺术报》总编辑康伟先生以“让诗歌和乡村彼此点亮”为主题直抒胸臆：“‘诗歌点亮乡村’是一种基于乡村振兴宏大叙事的抒情性表达，提供了一种浪漫的想象。诗歌当然有其历史语境，‘点亮乡村’是当下历史语境中诗歌的‘事功’之一。这也是举办花楸山乡村诗歌节的出发点。

“祝愿邛崃花楸山国际乡村诗歌节成为一种媒介，在通过

‘乡村点亮诗歌’的基础上，实现‘诗歌点亮乡村’的愿景，从而让诗歌和乡村互相点亮！”康伟先生全程发言都十分谦逊，独到的观点赢得了在座人士热烈的掌声。

《星星》诗刊编辑敬丹樱，攀枝花诗人、书画家黄仲金，四川青年诗人马嘶，《攀枝花文学》副主编羽童，绵阳市作家协会副主席白鹤林，青白江区作家协会主席李龙炳，邛崃市作家协会副主席詹义君，作家、书评人、《行脚成都》主编朱晓剑，都江堰诗人、成都文学院签约作家文佳君等诗人、学者、评论家，紧紧围绕“诗歌点亮乡村”主题展开了热烈的交流与讨论。

“这次诗歌研讨会给我们本土作家带来的启发，不仅是写作的技巧提升，更是概念上的创新，是真正地从内心去拥抱诗歌，拥抱自然。”邛崃市文联负责人李志表示，“花楸山国际乡村诗歌节是邛崃市致力打造的文艺品牌，是探索文艺助力乡村振兴的重要举措，不仅能推动文旅深度融合发展，而且为邛崃公园城市赋予了艺术的内涵。作为成都国际诗歌周的分会场，邛崃花楸山国际乡村诗歌节将努力为邛崃建设成都西部区域中心贡献文艺力量，为成都建设世界文化名城作出邛崃贡献！”

春天，你被茶“开光”了吗？

——在第一届“邛崃花楸山国际乡村诗歌节”论坛上的发言

席永君

在我看来，在茶山谈茶是不合时宜的，甚至有些让人难为情。茶，就像一位倾国倾城的绝世美人，当着众人的面谈论它，赞美它，总会让人怀疑你的动机。追根溯源，以茶喻美人，或以美人喻茶，肇始于苏东坡。苏东坡乃一代旷世奇才，品行高洁，人格豪迈，出淤泥而不染。他同时还是一代大茶人，一句“从来佳茗似佳人”的绮语，让饮茶获得了从未有过的境界。有如一石激起千层浪，让后世的爱茶者，无论是真风流，还是假风雅，莫不争相传诵。我始终认为苏东坡创作的这句诗，是中国文学史上的一件惊天动地的事件。苏东坡完美地阐释了中国文化中的“香草美人”。

说到茶与美人的关系，晚年以非凡的创造力创作长诗《漂木》的台湾诗人洛夫曾有这样一段描述：“我初尝春茶，骤然入口，仿佛伸进一条香软而温润的舌尖。这种茶，色香味都很迷人，故我称之为‘美人舌’。（洛夫《初试美人舌》）”把一款冻顶春茶命名为“美人舌”，的确香艳性感。在我看来，《红楼梦》中贾宝玉初试云雨情，是一种形而下的情欲的冲动；而洛夫初试“美人舌”，则是一种形而上的感觉的升华。

“美人舌”这名字虽然不够温婉含蓄，但却具有鲜明的现代美学趣味。在后现代饮食文化中，美食家们与诗人、艺术家联手，推出了一系列具有考古癖的美食，以此“透过食物来捕捉不再复得的过去，并经由这种缺乏深度的历史追求，将过去纳入自己的味觉、嗅觉、触觉及文化身体内”（廖炳惠《吃的后现代：一位台湾学者的餐饮哲学》）。不仅如此，后现代饮食文化还沉溺于声色之中，让食物与身体、性别相呼应，激发消费者前所未有的感官享受。洛夫是一位既保守又先锋的诗人，对一款春茶的命名，看似信手拈来，实乃深谙后现代饮食文化之道。

如此说来，好事是古今诗人的通病，苏东坡、洛夫概莫能外。

我以为，在春天的茶山，最好的姿态就是调动你的眼耳鼻舌身意，感受茶带给我们的种种美好！其实，茶是不需要芸芸众生赞美的。

茶的江湖是宁静的、隐秘的。茶，这南方的嘉木，像一位尘外高人，与山林为伴，与云雾为伴，与日月为伴，终日韬光养晦。是战争打破了平静，把茶从悠远的幕后推上了世界的前台。春秋战国时期，秦国人的金戈铁马攻下了层峦叠嶂的巴蜀。粗犷、剽悍的秦兵惊奇地发现了这种可以煎煮饮用的“灵草”。就这样，茶叶不可思议地裹在秦兵们凯旋的马革中，怀着隐秘而宏大的使命，沿着五丁开辟的神秘的金牛道（又叫石牛道），昂然走出四川盆地。从那时起，茶的内敛的光芒，就已经注定将照耀更加广大的疆域。

回到花楸山，对于茶，我有一份特殊的浓得化不开的秘密的感情。爱茶，几乎成了我公开的隐私。现在想起来，对于茶，自己除了感恩，还是感恩。在座的一些朋友知道，我是在邛崃的另一片著名茶山——南宝山，度过了自己的少年时代，那里拥有数千亩优质老川茶。在我的少年时代，每一个暑假，我都在茶园里度过，我初中和高中的全部学费正是自己采茶挣的。如今，当回想自己那俯身茶园的单薄的身影，我能清晰地勾勒出我对知识的渴望，回忆起清贫时代的全部美好时光。可以这样说，世界带给我的最初的诗意就是一片茶山。我甚至固执地认为，将一片茶叶放大，就是一张中国地图。

每年春天，我都像一个流连光景的人，要去各地茶山访茶。为此，我曾多次来到隶属于平乐镇的花楸山。采茶是季节性很强的活儿，花楸村人手不够，于是，每年采茶时节，便邀请那些临近村子的农妇前来采茶。这些农妇从如今已划归南宝山镇管辖的川王村、堰坪村抄近路徒步一小时来到花楸山。她们所在的村子虽然与花楸山仅一山之隔，但却非常遗憾地不产茶叶。

当我置身于春光明媚、草木葱郁的花楸山，我能感受到那些长久地忙碌于茶树间的农妇的内心，她们的内心不仅能感受到茶的芳香，更能真切地感受到茶的温暖。茶，不仅能浸润爱茶者的肺腑，涵养爱茶者的性情，更给山村农妇带来了实惠。茶是实实在在的，能给她们带来柴米油盐和衣物。在此意义上，茶成了她们心目中的“绿色黄金”。我记得，一位姓吴的农妇告诉我，她的女儿大专毕业，在成都工作，每月收入也就两千元，除去租房、吃饭，所剩无几，而她在花楸山采茶每月也能挣上千元。她还说，在花楸山采茶，中午，茶业公司还为她们提供一顿免费午餐。天下真有免费的午餐啊！其实，这两天，大家在这里已经深切地感受到了茶山人的慷慨和热情。

有一个成语叫“一叶知秋”，而我斗胆创造了一个词，叫“一芽知春”。这个芽，正是茶芽。外省的朋友可能不知道，四川峨眉黑苞山、蒙顶山、花楸山等地的茶，每年雨水节气就开始采摘了，所以年复一年，被“明前茶”的概念忽悠。春风唤醒了茶山一年中的第一缕茶香。在花楸山，轻抚我们脸庞的山风是免费的！沐浴我们身心的阳光是免费的！我们吸入肺腑的清新的空气是免费的！

茶对于我并非象外之象，言外之意，它是我人生中留白的部分，看似无用，实则暗含深意。在文化形态上，茶，既是方言，又是世界语。而在花楸山，全部的美好就在一杯茶里。“开光”是我常用的一个词，我希望大家在花楸山被茶“开光”后，再用自己开了光的笔，创作出更多给乡村赋能的好诗！

谢谢大家！

故乡：割不断的历史血脉

向以鲜

我与故乡之间

故乡作为一个独特的地理空间概念（有时也可能与行政空间相交织），要比家园更为宽广一些，同时，也是一个优美而感伤的时间概念，它存留于我们的怀想中，存留于遥远的山川风物中，甚至存留于我们胃部的痉挛之中。十年前，我曾写过一篇名为《怀乡的胃》的文章，说的是晋代江南文人张翰（季鹰），在北方洛阳当官当得好好的，有一天，他的老乡顾荣（彦先）来访，张翰抬头向南望去，只见天空一片渺茫之色，飒飒的秋风吹了过来。张翰心中一动：秋天来了，故乡吴中的菰菜、莼菜和鲈鱼早该成熟了吧？用它们来烹饪的菰米饭、莼菜羹和鲈鱼脍，该是多么鲜美啊！张翰似乎突然领悟到了某种人生真谛，感叹地说道："彦先，人生最重要的是要适志，自由地生活，怎么能为了区区功名而远离故乡呢？"于是张翰当机立断：回家。秋风渐起，在张翰的心中，那几种江南菜肴为何如此强烈地出现在他的胃部幻觉中？这种幻觉又为何会让后代的人产生如此强烈的共鸣？一个人的胃部渴望会对人生的决定产生如此深远的影响吗？是的，故乡正是这样，有时于我们而言，缥缈如云烟，具象如佳肴。

故乡就是我们的出发点，也是我们最终要回去的地方。故乡对于一个人的影响是一生的，且别无选择。故乡是我们向心灵回溯的温暖之源。我们知道美国作家威廉·福克纳（William Cuthbert Faulkner）在小说中，曾构建了一个名叫“约克纳帕塔法（Yoknapatawpha）”的世界，实际上，这个令世人着迷的地方，就是作家的故乡密西西比州奥克斯福（Oxford）。正是这片如“邮票般大小”、宁静而僻远的南方小城，孕育出福克纳超凡入圣的想象力。故乡对于任何时代、任何人群而言，都是极为重要的精神财富。尤其是在当下，在人们逐渐远离故乡之时，重提故乡，显得尤为重要甚至迫切：没有故乡或没有故乡感的人，将是无根之木、无源之水。

我的故乡在川东大巴山腹地一个叫“曾家乡聂家岩”的地方，十六岁以前我一直生活在那儿。偏僻又美得惊人的小山村，孤单地隐匿于一片悬崖之下，一棵巨大的香樟树的树冠，将村子的木构四合院轻轻遮蔽，四季浓荫匝地，百鸟啁啾。曾家乡的历史可以远溯至公元六世纪前后，聂家岩也至少在明代以前已人丁兴旺。我现在还记得，在那棵树围达十余米的香樟树下，卧伏着几座雕工精美绝伦、彩绘斑驳陆离的石刻古墓，那是聂家祖上的坟茔，每座墓前均有宽敞的石享堂，是我和儿时玩伴在夏日纳凉的好去处。幼时的我，常常怀着几分恐惧几分好奇，伸出稚嫩的手掌，去抚触那些令人眼花缭乱的石雕，有时为了捕捉一只蟋蟀或壁虎，会胆怯地把手伸进朱砂犹存的石龛中，或镂空的、雕满缠枝花纹的窗楣里。事实上，这样的游戏与亲近，让我从骨子里对石刻产生了一种莫名的热爱之情。从记忆中的石刻纹饰及形制分析，那些石刻应该是清代中晚期的川东艺术珍品，石质多为红砂岩，也有白砂岩的。另外还有几座已经严重塌毁的古墓，估计是明代的遗存——听老人们说，聂家岩以前不叫聂家岩，叫“喻家湾”——那些古墓或许就是喻家留下的。从喻家到聂家，其间的家族风云、角色变幻，以及石刻的兴废，当是一段颇具玩味的乡村秘史吧。故乡琳琅璀璨的石刻，早已刻在我童年的记忆中，投下抹不去的炫影。

如何定义“故乡”

德国18世纪诗人诺瓦利斯（Novalis）和荷尔德林（Hlderlin）曾经从哲学与诗意的角度，讨论过故乡或乡愁。诺瓦利斯认为：“哲学就是一种乡愁，是一种在任何地方都想要回家的冲动。”按照匈牙利学者卢卡奇（Ceorg Lukacs）的说法，这个故乡的核心即古希腊史诗时代。那时，生活与本质是同一的，人们更加真实地为实体所充盈，人与原型家园有着更贴近的关联，内心流淌着抒情的河流，没有断崖，也没有深渊。人与物、人与天地自然完美地融合在一起。卢卡奇诗意地描述：“星光与火焰虽然彼此不同，但不会永远形同路人。因为，火焰是所有星光的心灵，而所有的火焰都披上星光的霓裳。”后来，这样的物我同一的境界被割断，甚至被对立和仇恨起来。因此，哲学家们的乡愁，就显得越来越浓重和悲伤。要怎样才能回去呢？荷尔德林（Hlderlin）认为：“要回到故乡，重新实现原初的统一性，并不能指望哲学，而应该依靠美学、艺术和诗歌。”

有时候，故乡可能并不一定特指某个地域。对于那些终年漂泊的人来说，心安处即是故乡。或者再进一步说，凡能让你的灵魂安静下来、驻足下来的地方，就已经接近了故乡的边缘。有一天，我突然被唐诗的光芒照耀，整个身心寂静而又寥廓，于是我写下了一组向唐诗致敬的诗作《唐诗弥撒曲》，就像题记所说的那样："我们的灵魂无处安放，就让它安放于唐诗中吧。"在这样的时刻，唐诗就成了我的故乡，一个永恒的可以纵情徜徉的精神之乡。

古典诗文中"故乡"的意味

翻开任何一部中国古代诗集，都可以看到古代诗人们对于故乡的眷恋与歌唱，从《诗经·采薇》的"昔我往矣，杨柳依依；今我来思，雨雪霏霏"到《楚辞·怀沙》的"滔滔孟夏兮，草木莽莽；伤怀永哀兮，汩徂南土"，可谓俯仰即拾。至于唐诗宋词中，关于怀乡的抒写就更多了。月色、砧声、芦雁、秋露、暮雨、黄花、落叶、春草等，都可能是牵动乡愁之物。比如那个四处漂泊的北宋词人柳永，他曾写过著名的《八声甘州》。柳永终年在外漂泊，突然想回家了，而回家几乎是一种本能的行为，就像候鸟的迁徙，即使如柳永这样的人，也想回家。其实，我们对词人的家及其家庭所知甚少，从这首词来看，在他的家园，有一个佳人正等着他。那个佳人是谁，我们不得而知。或许，家在柳永心中也只一个温暖的意象存在而已。他太久没有回去了，家园的样子早已模糊了。但恰恰是这样，他回家的愿望是如此地强烈！那无语东流的长江之水，那苒苒变化的万物，似乎昭示着某种生命的真谛：回家吧，那儿才是你最应该去的地方。想到家，柳永顿时感觉到异样的温柔，浪迹天涯的人儿，此刻变得十分的脆弱。就像当年杜甫想回家那样："今夜鄜州月，闺中只独看。遥怜小儿女，未解忆长安。香雾云鬟湿，清辉玉臂寒。何时倚虚幌，双照泪痕干。"柳永也想到，故乡的佳人正在江边的妆楼上，痴痴地等他回家，泪眼中闪过一片一片帆影，每一片白帆都以为是他的归帆，可每一片白帆，都让他坠入更深的失望深渊。他的前辈温庭筠也曾写道："梳洗罢，独倚望江楼。过尽千帆皆不是，斜晖脉脉水悠悠，肠断白蘋洲。"和温庭筠词的温馨相比起来，柳永的词中，这个佳人别有一种难以排解的沉重与绝望。这是柳永的境界区别于温飞卿之所在，同样的词语，带给我们的感受完全不同。汉语的神秘之光，也在其中隐现出来。

传统文化缺失与乡绅阶层消亡之关系

我认为中国的传统文化，除了通过城市文明予以传递之外，在很多时候，还需要通过乡村文明来传承。古代圣贤孔子曾说过："礼失而求诸野。（《汉书·艺文志》）"这话的意思是：如果蕴含伟大文明传统的礼文化丧失了，我们就应该到民间（乡野或乡村）去寻找，去重新获得。显然，在孔子看来，真正的礼的根源，并不一定保存于繁华之地，往往保留于淳朴古老的乡村中。在中国古代的乡村，始终活跃着乡绅的影子，正是那些血液中流动着中国文化的乡绅，将文化的精髓一代代传承下来。我们今天去观看星散于各地的种种明清大院，那都是乡绅们为我们留下来的宝贵文化财富。近代以来，曾有学者（如梁漱溟、晏阳秋等）试图重建已然崩散的乡村文明，但最终因势单力薄而收效甚微。一个以农耕文明为母体的国度，在积极推动城镇化建设的过程中，如何建立一个拥有深厚文化内涵的乡村空间，将是摆在我们面前的一个艰巨任务。前不久，一友人欲返乡修建公益书院，结果现实很残忍：他的故乡早已成为空村和废墟——在这样的情形下，我们来讨论归乡，多少显得有些不切实际了。

《沙乡年鉴》的作者、生态学家奥尔多·利奥波德（Aldo Leopold）曾提过一种观点，他认为人类迄今为止都还没有发展出一种处理人与土地，以及人与在土地上生长的动物和植物之间的伦理观，而只是在过去的几千年时间中发展出了处理人与人之间关系的伦理。其实，我并不完全认同奥尔多这样的说法。事实上，古代东方，尤其是中国的圣贤们，早已找到人与土地，包括人与植物和动物相处的方式。古埃及或古希腊人也曾找到过。和自然相处的最好方式，就是将人与自然浑然相融，人作为自然的一部分，要顺应自然，而不是对抗它。在道家眼中，人们活在世间，最高境界就是和光同尘，这是一种既崇高又卑微的生活方式。

只是，这样的和谐的生活、美丽故乡式的生活，从乡绅消失的那一刻起，就已经宣告结束。没有乡绅文化的中国，尤其是广袤的农业文明空间，将成一片废墟——不仅仅是建筑或群落意义上的废墟，更是心灵或灵魂意义上的废墟！

礼失，求诸野。没有乡绅的乡野，就真的野了，再也找不到礼的影子。

古人的思想精华如何在当下有机地再生

从某种意义上来看，故乡也就意味着传统，意味着割不断的历史血脉。只要内心中还存有故乡，传统的河流就不会消失。想象一下两千多年前，孔子站在河畔，看见宁静的流水而发出感叹，认为生命如逝水，一刻也不停留。孔子要说的，不仅是生命，当然也包括历史、艺术和一切存在之物。从线性的时间特征来看，逝去的就是旧的，未来的则是新的。如果仅仅如此，新与旧的问题就变得简单明了了。不过，事实远非如此，当新与旧同人类复杂多变的文化生活纠结在一起时，则成了一道烟云迷乱的风景，时间的尺度在此退隐，生命以其自身的维度伸展开来：过去的并不一定称为“旧”，而未来的也不一定呼以“新”。引发孔子思考的那条河流，不仅没有一刻停留向东奔逝，也没有一刻断流过；它不仅流淌在大地之上，也流淌在我们的血管之中。这条象征的河流，就是传统。麦克阿瑟将军在即将结束五十二年戎马生涯、于美国西点军校的授勋仪式上发表告别讲演时说了一句格言：“老战士永远不死，他们有时只是隐去而已。”在此，可以换一种说法：传统永远不死，它们有时只是隐去而已。

故乡还能回得去吗

我一直在写关于《聂家岩的天真诗简》组诗，还没有写完。已完成的部分问世后，受到了很多人的喜欢。诗人陶春在论述这组作品时认为：“海德格尔从现象学、哲学的高度赞扬‘回忆’的诗性精神及其本源意义。他将‘回忆’称为众缪斯之母。戏剧、音乐、舞蹈、诗歌都出自回忆女神的孕育。此处的回忆，作为回过头来的‘思’‘目睹’与‘聆听’，它不仅仅是一种心理学上所指的回溯和记住往事的能力，更是一种本源性、幻思性、重构性的聚合体，是对人类潜在的生命激情的召唤，是对人类生命本源与生存本真的回归，是人性对神性经验、对超验的联通与超越。在一组名为《聂家岩》的组诗中，向以鲜借助童年回忆，通过语言完成了类似于生命个体一次关乎‘精神还乡’意义上的抵达。正如生命之旅绕了一个大圈，又回到了起点。而生命的终极归宿与价值莫过于此。在诗中，他描述了火车：‘这只乌黑的记忆之虎，如何以烈焰刺目的速度，刺破童年亘古的孤寂；而父亲手中的银卷尺，这时间的见证者，宛如神物：丈量过麦穗、麦芒的高度或放学回家的孩子山羊般跃过溪水的宽度，“卷尺在握，令万物皆有分寸”；他拆散闹钟，发现一个旧世界的腹腔原本是这样一个庞大、复杂又精密的系统组织。’”关于童年，比利时作家弗朗兹·海仑曾有过这样一段精彩的论述：“童年并不是在完成它的周期后即在我们身心中死去并干枯的东西。它不是回忆，而是最具活力的宝藏，它在不知不觉中滋养丰满我们。不能回忆童年的人，不能在自我身心中重新体会童年的人是痛苦的，童年就像他身体中的身体，是在陈腐的血液中的新鲜血液。童年一旦离开他，他就会死去。”

但是，故乡真的可以回去吗？我的故乡，还回得去吗？我曾认为，诗歌就是迷宫，而故乡，也像极了迷宫啊！哈姆雷特说：“啊，上帝！我可以关在一个核桃壳里，自以为是无限的土地之王。”有时，我对于故乡的怀恋，期望很小，甚至会退回到一粒核桃里去——如同我在《核桃世界》中所描绘的那样：

还是青涩的时候
我注意到一个现象
大多数果实躲藏
于叶底。像喜鹊躲藏
于谜语或丛林

一颗、一簇、一树
好多丰收的歌谣啊
苦味的星辰缀满枝头

整个聂家岩的夏天
都卷入核桃的宗教

层层包裹：翡翠的袍
斑驳黄金支撑起
思想的穹窿
并以造化运行方式
无限接近玄学的丘陵

那儿白雪经年，泉水绕屋
世界突然恍惚起来
孩子与老人相互叠映
唉！核桃啊核桃
时光雕琢的崎岖珍宝

当我再次凝视
掌中油亮的阡陌之美
心中升起无限敬意
仿佛从另一个角度
重新审核自己

最理想的一种生活方式

借用德国哲学家海德格尔（Martin Heidegger）的话说：“诗意地栖居。”或用林语堂的说法：“艺术地生活。”具体到我个人的状态，生活赐予我太多：一边研究恢宏的石刻艺术，一边写作心爱的诗歌——石刻让我沉静而坚定，诗歌让我身化万千。

时间过得真快！仿佛夜雨轻敲书窗，时间在黑暗中缓慢得近乎静止。我想起被梁宗岱称为德国抒情诗中最深沉最伟大的《流浪者之夜歌》，那是歌德（Goethe）用铅笔在一间猎屋的墙壁上写下的，诗中表达了彻底的、对于诗性生活与本体的看法：“一切的峰顶 / 无声，一切的树尖 / 全不见 / 丝儿风影。小鸟们在林间梦深。少待啊，俄顷 / 你快也安静。”

呼唤乡土诗歌写作的“族长意识”

张二棍

恍惚之间，多少个世纪过去了，我们的人类早已对这座星球和这个世界的万物，乃至我们的生老病死了如指掌。但与之并不匹配的是，我们并没有解决诗意生活与诗意栖居的困扰。在高度文明的今天，诗意栖居，仍然是一个让人怦然心动的词汇。总有人渴望流连于空山新雨后，总有人愿意沉醉在芳草连天中，总有潋滟湖光与青翠山色值得我们一次次细致地描摹，总有粼粼江湖和郁郁森林召唤出我们内心中的诗情画意。

而今天的我们，依然竭力寻找着肉身与灵魂的双重栖息之所。这不只是单纯的物质需求，更加现实的是，我们需要在有限栖身之地，开拓和营造出一个可供自己遐想和畅游的空间，我们需要打通四面墙壁的禁锢，冲破城市给人群与自然造成的隔离、疏远。所以，我们书写乡村山野，不只是在书写它的山山水水、历史人文、民俗乡风，一定还潜藏着自己无数的野心与使命。也许，只是借着“乡土”这人间的一角，状写着沧海桑田在变幻中的一个个瞬息。也许，每个人笔下勾勒的一幅幅乡土画卷，替代无数古往今来的贩夫走卒、游子离人，勾勒着各自魂牵梦萦却无法抵达的家园。因而我觉得，每一个用心状写其胸中乡土的诗人，需要携带着“族长”的使命，将之实践在自己的写作里。

在神秘的上古时候，必然有这样一条不成文的规则：族长必须是冲锋在最前而战斗到最后的人。而“族长”一词，也必然意味着过人的勇气、精确的判断力、智慧而沉稳的冒险精神。

我曾经思考，在一个新事物层出不穷、新媒体铺天盖地的时代，我们作为诗歌写作者，是否也需要具备这样的“族长精神”，敢于把个人的写作，向无垠远方中的无数阅读者敞开，不再执迷于小我的得失，不再拘囿于修辞的小屋，不再固守前人的田垄……当然，更重要的是，要树立“妇孺优先”的写作准则，不惜笔墨去书写普罗大众的生活状态与生命状态。我们要尊重被漠视的弱者，要赞美被忽略的劳动者，要理解被遗忘的普通人。唯有如此，我们才会拥有更加宽广厚重的题材、更加充沛磅礴的元气。

所以，我理解的“乡土诗歌”，不单单是从农耕文化出发，对我们传统乡村题材的一次补充与拓展，更不只是站在大地中央，面对自然的肤浅抒情和虚伪赞美。我们大部分人早已身处城市，但对家园与故土，依然固守着美好的记忆，携带着脉脉的温情。而枯井与炊烟的消失，却是迫在眉睫。那么，我们的乡土写作是来完成乡村叙述的使命还是来重拾日渐萧条的记忆？我想，乡土诗歌写作并非这么简单的事。一个优秀的诗人，绝非一个患得患失的小我，而是擅长将观察升华为“族长”般的体察与洞察，更擅长将肉身之我置放在无垠的时空之间，以此来揽镜自照，从而下笔描摹出那一个个飞翔的自己、爬行性的自己、转瞬即逝的自己……当万物的艰辛苦痛被诗人加持在自己的身上，这乡土又何尝不能彰显于万物，洞见于万物，昭然于万物？我们需要将“族长”那无处不在的生命意识烙印在意念中，铸就抚恤之心，挥洒疼惜之意。

唯有从故步自封的审美与夜郎自大的志趣中抽身而出，唯有树立和修正出一个族长般孤绝而勇敢的自我，我们的乡土写作才可以脱胎换骨、形神俱在。我们的书写也需要内化“族长精神”，重新展开对“土地”的认知和书写。如果，我们每一个诗人能够从“面朝大海，春暖花开”的农耕基调之上出发，决意成为掌控语法、修辞的那个“族长”，决意在山河无垠的背景中，生长出一颗出尘之心，那么，我们今天的书写，是否也可以摆脱大地乃至四肢对我们的天然困厄，成为无拘无束的“族长”写作？

乡村诗学的座架是自由

王学东[1]

尽管在一百多年来，中国社会现代转型的历史之中，乡土诗学不断地与“现代”摩擦、对抗、冲撞、互动、交流，但乡土诗学仍然有着最为尴尬的境遇。人们对乡村诗学既带有关切、忧虑、失望的眼光，也对之亮出凌厉的批判利剑！那么，在这样的历史境遇中，当代乡村诗学该何去何从呢？这些年来，中国一部分新诗默默执着地行进在乡土之路上，有着鲜明的乡土诗学追求。这些诗歌不仅呈现出厚实的乡土之情，而且涌动着滚烫的乡土之思，体现出当代乡土诗学的另一种向度。乡村诗学的座架是自由，这成为我们重新审视、透视乃至照亮当下乡土诗学的一个比较重要的省思之窗口。

一、当代诗学的“现代困境”

不容置疑的是，五千年以来，乡土或者说农村是中国社会存在的基础和根柢。正是在乡土、乡村的基础上，乡土中国得以诞生，并哺育出了中国文化。而这种状况不仅延伸到了晚

[1] 王学东，教授、博士。西华大学文学与新闻传播学院副院长，硕士生导师。

清、民国，甚至在当代社会中，乡村依然是紧紧钳住中国社会发展的一条汹涌的滔滔暗流。由此，吮吸着乡土中国的乳汁而成长起来的中国文学，以五千年乡村历史作为驰骋空间和肥沃土壤，在中国文学史的疆界中奔腾出绚烂多姿的乡土作品。并且在当下文学的创作中，作家们仍在不断地向乡土诗学回眸，与乡土牵扯、拥抱，不断探寻当代乡村诗成长的新空间。

与此同时，有着漫长历史和丰厚底蕴的乡村诗学，却不断地与船坚炮利的现代遭遇，与钢筋铁骨的城市遭遇。我们知道，近代中国以来的“三千年未有之奇局”的“天崩地裂”，不仅受到西方文明、西方科技的冲击，更是中国传统农业乡村文化与西方现代工业城市文化冲突的体现。进入当下社会，不仅当时面对西方现代工业城市文化所产生的那种天崩地裂之感消失了，而且都市文化已成为我们生命存在的常态。此时，都市化、城市化、城镇化发展一路飙红，已成为国家发展的主导政策方针，并出现了一批大都市和都市群。可以说，都市不仅完全主宰了当下整个中国社会，而且也成为个人安身立命的重要选择对象，重组了我们的生活，重构了我们的价值体系和思维方式。文学走向都市、拥抱都市、思考都市，不仅是社会变迁使然，也是中国文学向前推进的重要方向之一。与都市的相遇，并参与到现代都市化进程，这是中国文学自身发展历程中的一件大事。现代都市诗学、工业诗学、商业诗学等，为中国文学带来了新的面孔和品格，成为中国文学向前推进的一个全新的逻辑起点。此时，中国现代文学的地界，已不再是古代中国乡村农业文明的简单再现，而是突破中国传统的封闭状态下的工业文明、商业文明、城市文明的新型复杂社会样式的体现，并形成了与古典乡村诗学完全相异的表达意象、表达内容和表现方式。在这样的背景之下，乡村诗学几乎失去了自身的生存空间。可以说，在中国文学走向现代化的滚滚历史洪流中，乡村诗学又在一定程度上成为现代文学，特别是都市诗学、工业诗学、商业诗学的嘲弄和反动，甚至成为中国文学现代化进程的一个绊脚石。

但问题的复杂性在于，乡村诗学虽是处于都市诗学、工业诗学、商业诗学的对立面，但又是作为都市诗学、工业诗学、商业诗学的拯救者而存在，这本身就体现了乡村文学、都市文学在当代的发展困境。在当下创作中，大量都市诗人在诗歌中不断地目击、展示、提醒着我们存在的都市问题，现代都市诗学、工业诗学、商业诗学越发展，或许我们回到自身的道路就越崎岖。于是，诗人们不断地重新回到乡村、乡土，在乡村、山川、田园、旷野之中去寻找拯救之路，以走向乡村、回归自然的乡村诗学来拯救现代性困境。

二、乡村诗学的历史建构

乡土诗学是否就是都市诗学、工业诗学、商业诗学的拯救者呢？如果回到问题本身，我们发现，处于现代之中的乡土诗学自身就有着致命的“身份危机”。“不断征用土地，需要大量的人力、物力，这使得乡村的版图在持续缩减，乡村的形貌在不停变异，乡村人的生存空间（物质的、精神的）也变得日益狭窄。”[1] 那么，处于困境之中的乡土诗学又将如何能拯救危机之中的都市诗学、工业诗学和商业诗学呢？如果我们不能以新的视野来重新打量乡土诗学，我们将再次陷溺都市诗学

[1] 张德明：《新世纪诗歌中的田园乡愁》[J].《南方文坛》，2010（3）。

的危机之中，也将再次坍塌在乡村诗学的困境中。最终处于双重困境中的我们，将只能拥有失真的城市和失真的乡村，不仅失去建构当代都市诗学的契机，也将失去推进乡土诗学前进的钥匙。

陈仲义在谈及乡土诗时，提到三个重要的向度："乡土诗理论触点，我想有必要做三种延伸，一是延伸到台湾地区1964年以《笠》诗刊为中坚的台湾本土诗的崛起，二是1980年大陆新边塞诗——西部诗的中兴，三是1987年以湖南省为代表新乡土诗群的提出。由这三大版块所产生的乡土诗及其理论，和此前乡土诗那种散状的阡陌形态拉开了距离，也只有综合考证这三大版块，才能更好地抓住其主要脉络而得其要旨。"[1] 但在当代的乡村诗学创作中，乡土应该成为我们生命存在的特有肤色和呼吸的空气。所以，乡土对于当代新诗来说，就是我们自己生命世界的本真体现，是我们生存状态的原始开放，也是我们灵魂的自然滋长。而且特别值得一提的是，面对着高歌猛进的现代化、城市化进程，尽管我们已生活在城市之中，但它的生命感受依然是乡村感受，很多诗歌作品里固守着的依然是满带汁水的乡村之思。可以说，城市和乡土是二位一体的，城市也是与乡土紧紧地捆绑在一起的，最终旋转出生命的色彩。乡土，成了当代诗人生命中最澎湃的血液和最涌动的灵魂。

乡土世界成为当代新诗创作所苦心营构的一个重要世界，乡土不仅成为我们生命和创作念兹在兹的内在原动力，也成为我们通往它内在世界的重要甬道。当代诗学乡土世界的营造，

---

[1] 陈仲义：《乡土诗学新论》[J].《中国文化研究》，1999（25）。

并非是向着传统乡村诗学国民性精神的批判推进，也不是试图通过乡村理想的彰显来拯救现代社会的困境。在我看来，当代诗歌中的乡村诗学的创作，有着独特的思想旨趣，呈现出当代乡土诗学的另一种维度。

对于乡村诗学，从它的命名与诞生之初，就极为看重它的乡土性特征。乡土性成为乡村诗学的一个最重要的标志。“从周作人、王伯祥到鲁迅对乡土小说最初概念的阈定（即从 20 世纪 20 年代初到 1935 年），基本认同乡土小说世界性的母题的理论概括，即把‘地方色彩’（‘异域情调’）和‘风俗画面’作为其最基本的手段和风格。”[1] 这些界定对于乡村诗学自身的发展具有重要的方向性意义。但是，这样的界定，却又为乡村诗学的发展戴上了冰冷的镣铐。特别是在轰轰烈烈的现代化进程之中，乡村诗学难以摆脱与现代文明之间的对立、对抗关系，寻找乡土诗学的一个新的拓展空间，也是一种历史的必然。

三、乡村诗学的自由之路

从乡土世界向苍茫大地拓展，正是乡土诗学发展的一个重要方向，也是当代乡村诗学创作的一个重要启示。当然，早在 20 世纪 80 年代，湖南的新乡土诗学就开始在做这样的努力和探索。“我们在 1987 年 4 月提出新乡土诗概念的初衷是新乡土诗的题材范围应该包括乡村、城市、海洋甚至一切人类有可能活动的地方，即人类宇宙大精神下的生态环境”，主张“用

[1] 丁帆：《中国乡土小说史》[M]. 北京大学出版社，2007：14—15.

先进的艺术手法反映处于这一环境中的人类的生存状况、精神状态以及艰苦斗争的心路历程，反映大时代背景对生存空间和人文空间的有形无形的压力，切入人类生存状态和精神家园的内核，与只是讴歌乡村风景、风土人情、乡村作物如棉花、水稻、麦子、向日葵有着根本的区别”[1]。在经历了天翻地覆的现代巨变之后，乡村诗学一方面失去了传统乡村诗学的那种生存空间，另一方面又与现代文明有着不可分割的关系。所以，要清理乡村诗学与现代之间的复杂关系，必须从狭义的“乡土”向广义的“大地”出发。

而当代的乡村诗歌创作，则是把乡土世界纳入到苍茫大地之中，在苍茫大地重构乡土世界。其乡土意象，并不局限于乡村、农业、农民，而是在乡土的基础上指向与生命有关的山川、城邦、自然风物……或者说作品中的乡土其实就是指向大地。把整个大地纳入诗人的乡村视野，通过乡村的显微镜来透视大地，这成了当代乡村诗学创作的重要追求。这些作品中的乡土，不再仅仅依附于乡土、乡村，而直接呈现为对大地、对形而上世界的摹写，展现出对超越性精神的直接追求。而且在苍茫大地这样一个世界中，作品中的乡土更向着理想中的完整生命扎实地逼近，呈现出另外一种生命观和世界观。所以，从乡村世界向苍茫大地拓展，乡村诗学将自觉或不自觉地踏进前所未有的一个新空间，在原本单一、破碎的现代世界中重组起完整生命和完整世界，确立起独特的价值体系和精神指向。此时，乡村诗学所蕴藏着的丰裕的诗学因子和纯粹的诗歌精神才能得到更为灿烂的释放。这样在大地的追求之中，乡村诗学便

[1] 江堤、彭国梁、陈惠芳主编：《关于新乡土诗的若干问题》，《新乡土诗派作品选》，湖南文艺出版社，1998 年，第 315 页。

有了更为阔达、更为完整的生命背景，造就出较为丰富的生命气场。

正是从乡土向大地的拓展，乡村诗学也就从厚重的家园意识向轻盈的自由精神进驻。如果没有大地作为乡村诗学的视野，那家园意识就成为乡土文学的终极标靶。正如燎原所说："家园对于我们意味着一种父亲式的清苦温馨的接纳。家园之所以不能为烂漫的伊甸园所替代，是因为它植根于中国式的乡土情感，源自我们民族深处对清苦与劳作中所呈现的纯洁和高贵的崇尚。"[1] 但这样我们的创作又会陷入"现代城市—古典乡土"的二元对立模式之中：要么像20世纪初的乡土小说一样，站在现代启蒙价值、理性精神的基础上，对乡土世界展开凌厉的否定与批判，呈现出乡土与现代之间的绝对不可调和性；要么如20世纪30年代的京派文学，背靠着山水田园文学那天人合一的哲学、博大意境的美学，构筑出一个个超越现实、远离人间烟火的太虚幻境，对破碎、呆板、整齐、同质的现代文化进行质疑和审判。当然，绝对不可否认，家园意识是乡村诗学本质特征的体现，而且乡村诗学所呈现出来的家园意识中健康、朴素、温馨的价值，对处于断裂、游荡、无根状态的现代灵魂来说，是有着价值灌溉的重要意义。然而，如果乡村诗学中的这种家园意识，没有现代精神的介入，没有对现代价值的透析，其价值将处于真空状态，难以转换为现代人的精神支柱。

当代的乡村诗学理念，便是在家园意识的基础上，朝着现代自由精神推进，体现出蓬勃的自由精神。对于自由精神的

[1] 燎原.《家园守望者——青年新乡土诗群力作精选·序言》[M].香港文学报社出版公司，1992.

追求，这不仅是文学创作的底线，也是文学世界的绝对追求。我们看到，当代诗歌创作中的乡土世界，涌现出来的并不是情深意切、落叶归根的家园意识，而是一种在大地上翱翔着的自由。诗对于大地的依恋，是在大地中沉浮，为了体验自由感，获得个体自由。

总之，当代诗歌中的乡土写作还欠缺更为宏阔、博大的作品，也还需要与乡土有着更进一步的深度触摸、拥抱与对话。当代诗学的座架是自由，乡村写作中呈现出来的向苍茫大地拓展、向自由精神进驻的向度，在这个现代轰轰推进而乡土一点一点地逐渐被蚕食的时代，让我看到了当代乡土诗学突围的可能性，也让我们看到了当代灵魂的另一种栖息方式。

乡村振兴中的诗歌力量

文佳君[1]

我们熟知的诗人辛弃疾，在700多年前写下了名篇《清平乐·村居》，200多年前的清代诗人高鼎同样写下名篇《村居》。田园是历代诗人的向往和追求，田园诗也形成了一些理论和模式。无论时代如何变迁，无论诗歌的表现手法和技巧如何翻新，田园诗或田野诗的描写对象始终不变，即生态价值的各种形态和人与自然的共生关系，这是田园诗不变的主题和生命基因。

清平乐·村居

茅檐低小，溪上青青草。
醉里吴音相媚好，白发谁家翁媪？
大儿锄豆溪东，中儿正织鸡笼。
最喜小儿亡赖，溪头卧剥莲蓬。

[1] 文佳君（1971—　），当代实力诗人，成都文学院签约作家。出版诗集《果然》《黎明的河流校正夜的黑》《迎面而来都江堰》等。

辛弃疾写起乡村风味的小词，别有一番情趣。诗人用纯粹的白描手法，为我们描绘了乡村里一个五口之家温馨简单的生活画面。他们并不富有，甚至过得很寒酸。这个五口之家只有一所矮小的茅草房屋，紧靠着房屋的是一条清澈的小溪，小溪边长满了碧绿的青草。那么这是一个怎样的五口之家呢？长辈是一对满头白发的老人，他们亲近地坐在一起，一边喝着自己家里酿的淡酒，一边用吴地方言说着家长里短的琐事。他们是多么地知足常乐、幸福惬意。长辈们过得温馨幸福，孩子们呢？大儿子已经很懂事了，此时在溪水东边的豆地里锄草；二儿子此时正在家里编织鸡笼；只有三儿子年纪尚小不懂世事，只知任性地玩耍，正躺卧在溪边剥莲蓬吃呢！

清代诗人高鼎有感于早春二月田园之美，即兴写下《村居》，表达了对于村居生活的喜爱，对于大自然的无限向往。

村　居

草长莺飞二月天，
拂堤杨柳醉春烟。
儿童散学归来早，
忙趁东风放纸鸢。

二月的春天，草儿渐渐生长，莺儿飞来飞去；轻拂堤岸的杨柳，陶醉在春天的云烟岚气里，这是写二月之美景。二月之美景，不但有“草长莺飞”，还有“拂堤杨柳”，还有“春烟”。一个“醉”字，可作全诗诗眼，亦奠定了全诗的感情基调。“草长莺飞”“拂堤杨柳”“春烟”，都是“醉”的具体表达。“草长莺飞二月天”化用了丘迟《与陈伯之书》中的句子：“暮春三月，江南草长，杂花生树，群莺乱飞。”

村里的儿童放学后，早早回到家里，赶忙趁着春风，跑去外面放风筝，这是写二月之童趣。在二月之美景的影响下，二月之童趣也抑制不住地上演了。“归来早”“忙趁”二处，道出了儿童的心理活动，刻画了儿童急于放风筝的情形。“放纸鸢”，是儿童表达对春天喜爱的一种独特方式，也是对二月之美景的一种生动回应。整首诗皆为名句，是为二月早春诗中的名篇佳作。然其绝妙之处在于后两句的“写人”，倘若一味写二月春景，未免落入俗套，然儿童一出，春意自来，春意自现，春意自活，一下子就将整首诗写活了，实在高妙至极。

这就是乡村诗歌的魅力所在。

乡村振兴战略的提出，我个人认为乡村诗歌创作的春天再次降临在辽阔的神州大地上。仅成都就有龙泉的桃花诗歌节、青白江的西江河诗歌节、都江堰的柳街诗歌节。而今天我们来到的邛崃，更有冉义油菜花诗会，也有飞花令诗会，现在又迎来了更具影响力的邛崃花楸山国际乡村诗歌节。

乡村振兴涉及产业振兴、人才振兴、文化振兴、生态振兴、组织振兴五个方面，这是一项复杂的系统工程，要树立系统观，坚持精神和物质“双轮驱动”，形神兼备。振兴乡村文化是乡村振兴的灵魂，是乡村繁荣的重要基础、重要保证和重要途径。

诗歌是振兴乡村文化的重要前提。17世纪法国数学家、物理学家、哲学家布莱斯·帕斯卡尔曾说：“人应该诗意地生活在这片土地上，这是人类追求的理想。”何其芳曾说：“诗歌是从社会生活和自然中提供的、能感动创作者、能激发他人的清新优美的文学艺术内容的元素。”有诗意是一种发现，甚至是灵感，任何超修饰的描述都是对诗意的拒绝。诗意，在情感立场上，有褒有贬；在表达方式上，有委婉的，也有直白的；在形式上，有以《诗经》为代表的雅颂，有在唐代达到顶峰的近体诗和古体诗，有在宋代最流行的词，有兴起于元代的歌。乡村是凝固的音乐和流动的诗歌，乡村文化包含美感、意境和抒情意味。诗意越浓，乡村的吸引力和亲和力就越强。

诗风强，有助于乡村振兴。农村不能看起来像一个村庄，不能“千村一面”。振兴乡村，就是要突出风格、气质、个性特色，体现村村不同的诗风。诗风是诗歌的风格和形式，也指一定历史时期诗歌创作的倾向和趋势。我们要用辩证法对待农耕文化，把它一分为二，去其糟粕，取其精华。要突破守旧意识，敢于大胆创新，善于巧妙转化；充分挖掘传统德治文化的现代价值，发挥新乡圣贤的引领和示范作用，培育文明乡风、良好家风和淳朴民风，形成独特魅力和风格。没有诗风的乡村文化一定是失败的文化、平庸的文化、无用的文化。

“你 / 青草 / 耳畔的呼吸 / 还有昨夜的酒以及儿时的马铃薯 / 那一点点绿，是我身上的光芒。”这是我的诗歌《一场春雨不偏不倚地打在大地之上》中的句子，我身上的诗人之光由乡村的事物照耀。我生活工作在都江堰，这里是浇灌了千里成都平原的卫星城，一个两千多年来文人荟萃的古都。都江堰农村的老屋，那里有我的父亲、母亲，以及我的庄稼和童年。

我喜欢眯缝着眼，一脸笑意地望着老屋前的土地，望着土地里呼呼生长的向日葵和油菜花。因为眷念乡土，我的诗歌中总是反复出现这些关键词：乡村、荷塘、藕根、青草、大地……

当代诗人无法避免地会面对一个现代人和一个现代社会里不合时宜的诗人的困惑，而这种困惑已是在当前过度商业化的时代中，坚持写作的诗人的共同感受。“我是为逃避，才选择写作这种方式的。我靠写作寻觅那更为适宜的存在。”这种“逃避”和“寻觅”的矛盾统一，由乡村进入都市的路，有时会长达十年、二十年，由一个乡村少年到成熟诗人的路会更长，要经过山水关隘、求学从军，经过上班打卡、油盐柴米。作为一个有乡村背景的诗人，这种困惑还有另一层个人的色彩，那就是我对都市生活的疏离和对乡村题材的固守，至少在诗歌上，我还没有走完（也许是我本来就不想走完）从乡下老屋到闹市小区的那段路。因为有意无意留下的这段距离，让我的诗歌充满了对乡村的诗意美化，正如我的诗歌《在南山》中提到的，“在纸上 / 我说着永远的梅 / 我说出幸福与花蕾”。

100 年前，俄罗斯诗人叶赛宁说他是“最后一个乡村诗人”，百年诗歌发展证明他错了。至少我是他在中国的现代回响，我要用我的诗歌让众人知道，乡村是我们出发的地方，也是我们要回去的地方。当然，由乡村进入都市的路很长，而由都市回到乡村的路会更长。

在此，我用我前几年写的一首诗结束这次发言，更想说明田园诗歌也是世界的。

在草堂与法国诗人谈起田园筑梦

夜色来临，诗裹着镜光而来
我们大致相同，虚构出更大的海洋
伊冯 · 勒芒　塞尔日 · 佩里
还有我地球村里的邻家妹儿
蒂阿哈 · 莫拉斯　帕拉 · 毕佳妮
我们各自祷求自己的王国
你们和我谈起薰衣草的故乡普罗旺斯

还有雨果的孚日广场的《悲惨世界》
而今天我们一起来到了草堂
这是诗人杜甫的家园
那时他的周围肯定也围了很多诗人
那时他们只有书信　斗诗
那时他们没有微信　没有电话
现场主义的杜甫有些烦了
他去郊外，也就是今天的田园了

住在秋风能吹倒的茅屋里
喝着浊酒的杜甫，穷呀，酸呀
某一天连浊酒都喝不上的他呀
还酸不拉叽地称为新酒停杯了呀
好像刚刚断了酒一样
其实杜甫的酒是饱一顿饿一顿
唐朝的诗人多着呢
像杜甫活着的也多着呢
但能让自己的窝棚
活个千儿八百年的诗人并不多
当然，一切都不会无缘无故地进入眼里
如今天的草堂和它的主人
如你们的巴尔扎克的葡萄美酒
如伏尔泰的良心
突然我们就相遇了
地球村里的孩子
世界的诗人
田园　淡淡的蓝　喃喃的歌

我们大致相同的王国
诗歌　良心　大同的人类温暖

在邛崃花楸山国际乡村诗歌节之诗歌论坛上的发言

白鹤林

我们今天这样的诗歌交流活动，在古时候被称为“雅集”，参与者属于少数精英人士。作为一个文化工作者，我觉得文化活动应该让更多的人参与其中，才能真正达到“文而化之”的目的。

因此我建议，不论是邛崃花楸山国际乡村诗歌节，还是“竹上花楸”读书会，都要多与各级文化部门联动，与乡村文化振兴结合。可以多举办三行诗赛、研学读书、亲子采茶之类的小型的、灵活而参与性强的活动，让群众广泛参与其中，活动才具持久性和品牌化。

文化的意义在于传承，更在于创造，我们要在创新的前提下去创作。这个创作不仅指艺术创作，也包括我们文化事业和文化生活的各方面。正如本次论坛的主题，要让诗与茶充分融合。可以多开发一些诗与茶元素的文创产品，充分利用历年诗人为花楸山创作的诗歌金句开发旅游小礼品。这样的“发表”，或许意义更好、价值更大。

让诗歌和乡村彼此点亮

康　伟

七年之后重访花楸山，但我深感我在花楸山的眼里依然是陌生人。我以为我与花楸山是重逢，但内心的纹路与花楸山的纹路、茶叶的纹路、风的纹路其实并不对位。因此我不敢说为花楸山写诗，我怕打扰它。

“诗歌点亮乡村”是一种基于乡村振兴宏大叙事的抒情性表达，为我们提供了一种浪漫的想象。诗歌当然有其历史语境，“点亮乡村”是当下历史语境中诗歌的“事功”之一，这也是举办邛崃花楸山国际乡村诗歌节的出发点。

但我想由此提出另一个问题：诗歌点亮乡村何以可能？或者再问一下：究竟是诗歌点亮乡村，还是乡村点亮诗歌？于我个人而言，我毫不犹豫地回答：“是乡村点亮了诗歌，点亮了我。”

通向花楸山的曲径险途，千年古茶树的遒枝老根，采茶人缓慢移动的身体，仿若喷泉由地下喷涌而出的竹海李家大院现实的和虚拟的时间，以自己的口音自在朗诵着的不知名的诗，竹上花楸杂面馒头的松软，一杯新茶的美妙滋味，涌向天际的巨大、无边的寂静……花楸山的这一切，都构成了点亮我的光。

而我确实可以被点亮，并在被点亮中为花楸山写下诗篇吗？唯有期待，花楸山的那些光点亮我的那一刻；唯有期待，我最终写下的诗，有资格成为茶树的一片叶。

祝愿邛崃花楸山国际乡村诗歌节成为一种媒介，在通过乡村点亮诗歌的基础上，实现诗歌点亮乡村的愿景，从而让诗歌和乡村互相点亮。